維納斯

陳雪

著

好評推薦

吳曉樂（作家）
李琴峰（芥川獎作家）
陳佩甄（政治大學台灣文學研究所助理教授）
陳珊妮（音樂人）
陳栢青（作家）
陳國偉（中興大學台灣文學與跨國文化所副教授）
楊佳嫻（清華大學中文系副教授）
楊隸亞（作家）
劉文（中央研究院民族學研究所助研究員）
鄧惠文（榮格心理分析師）
謝盈萱（演員）
簡莉穎（大慕影藝內容總監）

《維納斯》這十三篇小說可以作爲陳雪其他作品的角色們的「歧路」，絕望的成分依然是無法輕易刮除的，但，書寫了二十幾年、生活逐漸不再顚沛的陳雪，把「安於一地」而積養的能量轉化成角色心境的騰飛：縱然命運畸零，我們仍可以在虛構裡將自己好好生養一回。

——吳曉樂（作家）

闔上陳雪的小說。你被偷走了一點心。重新睜開你的眼，望出去的世界不一樣了。那是陳雪的魅力，也是好小說的魔力，她讓你懂了不一樣的人。她讓你覺得，有那麼一刻，自己也是不一樣的人。

——陳栢青（作家）

所有的破碎與不完美，都能伴隨著成長找到某種安穩吧？

——陳珊妮（音樂人）

在陳雪老師的書裡，她看見你聽見你，她創作出的天空，海域，甚至偏僻路徑旁的一只花朵，都像專門爲了惶惶不安的你我他所開闢。循著她的文字，能像嬰孩一樣領受動物的本能，從喜至悲從毀滅至重生，所有被忽視的貪嗔癡怨皆不再被歸納爲邊緣化的異端分子。

——謝盈萱（演員）

目次

推薦文

知道陳雪怎麼帶貨，就知道她怎麼寫小說

陳栢青（作家）

少女在夜市長聲叫賣，收攤後還要送貨，貨車上晃搖搖，有時聽見遠方鐵道叮叮噹，車胎滑過柏油路濺起半天沙，九〇年代的深夜過去，長長的世紀之交好像只是在副駕卡座上打了一個小盹，天光微亮，陳雪睜開眼，原來是面前電腦解除了休眠，「全網最便宜，心動了嗎？點這裡下單」，臉書留言版下方附團購連結，夜市的女兒一覺醒來成爲新世紀網路團購帶貨女王。

以短篇小說《惡女書》出道，第一本長篇喚作《惡魔的女兒》。惡字當頭，與其說陳雪惡，不如說她餓，「他只要一個人獨處，一個乾淨明亮的桌子，大大的窗

戶，從早到晚寫小說」、「他只有一種信念，把自己奉獻給小說」，那種對創造的意志貫穿陳雪筆下所有人物，對書寫有一種飢餓，她是眞正的飢餓藝術家，寫作大胃王，陳雪不停寫，小說寫完寫散文，純文學才擱下筆又忙不迭交出通俗，把書本當台階，一本一本，一階一階走向藝術之火燃燒的祭臺，好像要把自己獻出活祭，一轉身，最接地氣，給信徒頒布的十誡卻是戀愛和生活教戰手冊。

陳雪惡，不如說她怪，文學裡她能寫的，基本上她都寫了，不能寫的她也寫，作爲作家，能做的她都做了，人家以爲不能做的，她也做。全職小說家依然是那個夜市的女兒，新世紀她在網路上重新擺起虛擬攤位，團購帶貨，寫最純的小說，做最商業的行爲，寫什麼是什麼。做什麼是什麼。我一個做網路帶貨的朋友私下跟我說，那個有一天忽然殺進團購市場帳號叫陳雪的，談到的廠商價眞的是全臉書最便宜的。

這就是陳雪。你沒辦法幫她歸類。你要陳雪選哪一個？棄文從商？還是棄商從文？

有人會說，她是被小說耽誤的網拍女王。

也有人會說，她是被團購耽誤的現代文學女祭司。

但我覺得這些話都沒說到點。

陳雪賣東西，和她寫小說，其實分享同一個邏輯。

所以你該買她的小說。懂得陳雪怎麼寫小說，尤其是短篇小說，就知道她怎麼帶貨，知道她怎麼成爲營銷冠軍。

同志文學的商品翻新

一九九五年，陳雪出版第一本短篇小說《惡女書》便驚世駭俗，是書原序文寫得像是檄文也是一奇，當代性別意識要開未開，惡女站在風口浪尖，用陳雪自己的話說，「我是少數有名人寫序但書裡沒有任何推薦詞的作家」。

現在重看楊照的序仍然覺得很有意思，序名〈何惡之有〉，楊照讚美陳雪「把女同性戀者塑造成這個世紀末『變態的偶像』，從文學的角度看，陳雪能把女同性戀的失落、退縮、恐慌寫得如此淋漓盡至」，並做出了結論，「女同性戀者其實何惡之有？女性的情欲何惡之有？眞正惡的是許多責累的非理社會控制」。女生愛女生有什麼錯呢？楊照認爲社會很該負責任。

時移事往，當年的惡女早成人妻，可陳雪依然還是「變態偶像」界的瑪丹娜或松田聖子，在新世紀出版第一本短篇小說集《維納斯》裡，她下手始終殘狠，筆下角色進精神病院的進精神病院，戀母的戀母，自戀的自戀，約炮詐欺偷情，惡女力加倍加，雙倍惡，我覺得正是從這裡看出，惡女的效力。

楊照竟說對了，也說錯了。他提出了關鍵，「何惡之有？」，但那不該是問號，而該是驚嘆號。隨著時間流逝，社會改變，那四個字不該是問題，而該是答案。

惡女的核心正在於，不是因爲做了什麼，才成爲惡女。

而是因爲，生而如此。

同樣四個字，也是同志文學的效力所在。

陳雪是同志文學的教母。九〇年代敢於寫人所不敢寫，做人所不敢做。正是因爲陳雪和諸多作家勇敢寫，大膽做，乃至很多年後，一切因他們的衝撞而更開放了，還有什麼是不敢寫的，還有什麼是不能做的？

可當一切都可以寫，一切都可以做，一個新問題出現了，那是否代表，也就被寫完了，也就是做了也無不可了。

易言之，同志文學還能再寫什麼？

某個方面而言，台灣所謂的同志文學本來就是基於分類方便，或是某種「保護」性質而有的文類，這分類做到最大的貢獻，不正是在書局架子上能列出自己一格，方便搜尋和購買？

分類才容易辨認。分類易於討論。那都是基於某種「販售」的原則。同志文學曾經好賣。同志文學曾經好寫。同志文學曾經容易得獎。究其因，誰都能寫，誰都愛寫，很大一部分，不正是因為同志文學能在短篇內戲劇化，能在這個悲劇已經被現代文學複寫過幾百次而疲乏了再沒有張力的世界裡重新因為身分（你竟然是男生，卻愛上男生；你是女生，卻愛上女生）就產生家庭糾葛親情鬩牆社會矛盾……同志文學曾經是你以為最容易趨近文學的途徑。

易言之，同志文學能有效致使一切成為問題。所謂的惡。社會要禁止，文學才能超越。可有一天，兩個男生兩個女生牽手沒什麼了，有一天，男生可以大方穿著粉紅色，可以集體穿百褶裙，有一天，當同志可以結婚了，那同志文學還有任何因為禁忌而能引起挑逗或構成戲劇化的賣點嗎？

用楊照的話，何惡之有？真的不惡了。不是社會在道德和法律上的惡。那這時，同志文學還需要被特別歸類、還能賣嗎？

那就看看陳雪的《維納斯》吧。

要說議題，打開這本書是「革命尚未成功，同志仍需努力」，你能看到平權運動和性別政治還有許多待處理的：變性、跨性別相愛、女同志生子……要論奇觀，維納斯是馬戲團十八招，召妓強暴性濫交……

但那些都不是這本書依然走在同志文學最前頭的理由。

陳雪不是超前。她從來不譁眾取寵。她只是，只是忠實地完成同志自己而已。說到底，同志文學也不是因爲裡頭發生了什麼，所以角色成了同志。

和惡女一樣，那是因爲，生來如此。

一種本質性的東西。從這樣的生活和視角望出去，一切因此不一樣了。那種渾然一格，所以和別的小說涇渭分明。

如果同志文學曾經是門好生意，那陳雪重新召喚它的商業價值；如果同志文學曾經那麼年輕，那陳雪讓那些核心元素重新出土。

老牌同志代言人，今朝讓品牌再生。

陳雪讓同志文學再一次好看。

商品邏輯與小說邏輯

所以，陳雪小說眞的怪嗎？

說起來，陳雪小說不怪。是她寫的人很怪。早年陳雪有個短篇，叫〈十一少的那個〉，寫十一少之所以叫十一少，是因爲有第十一根手指，人人都忍不住盯著他手指看。我以爲這就是陳雪小說裡所有人物的象徵：陳雪的小說人物總是多出那一根，有時是手指，有時是其他。你就是忍不住盯著他。這是《維納斯》最好看的部分。

說到底，陳雪什麼人了，老江湖，見多識廣。太懂人。也太會寫人。她知人知底，寫的每篇小說，其實是素描一個人，總寫出多出來的那個人。寫出人多出來的那部分。

以《維納斯》中的一篇小說標題作比喻，「我身上有你看了會害怕的東西」，在這本集子中，女人騙炮，男人騙愛，哪個人不壞？哪個不怪？都壞透了。都怪極了。但這麼壞，又奇怪，卻覺得很美。

怪美的。

我說的是小說，也是陳雪販售的技術。

陳雪筆下的人愈奇怪，內心歧徑盤繞，諸惡皆做，諸行無常，但又讓人恨不起來。

這才是眞眞最奇怪的地方。

說起來，陳雪寫得愈怪，卻總能通達到我們內心。她讓筆下的人怪，要他壞，江南七怪，十大惡人。但多奇怪，她偏讓你能進入角色肚腸，知道裡頭怎麼盤轉，曲曲彎彎不過和自己一般。她打通的不只是任督二脈，而是讓一個人活了，挖心掏肺讓你跟她共生。

怪得很像正在讀小說的自己。

異調與同聲。這是陳雪的小說小標，何嘗不是她的創作祕術。在異質中發現同步。去怪爲常。在所有怪物的臉上發現我們自己的表情。

這些短篇小說的人物本質上仍然是惡女，但同時能是維納斯。恨得牙癢癢，又讓人愛得不能自拔。

這下，你應該知道銷售女王的商業帝國祕訣了。

陳雪從來不是在推銷產品。

我們也不是買陳雪賣的東西。

陳雪只是讓你發現自己有這個部分。而我們買的，從來只是買我們自己。

小說女王由此登基，銷售天后自此長銷。

陳雪能把怪人寫進我們心裡，在怪人身上發現我們的那一面。反過來說，我們身上是不是也有怪的那一面？

細思極恐。

這才是讀陳雪小說的後勁。惡得一派日常。壞得雲淡風輕。但翻過下一頁，一切全變了。

「你不覺得，自己哪裡怪怪的嗎？」

像有人在對你耳語。

在小說人物把某部分像是掌心捂暖的錢幣或是珠寶獻給你的同時，與其說是與你心交心，何嘗不是，「和你交換」。

愈是往下讀，你的心會怦怦跳著。

你的臉頰起了紅暈，你雙眼流露水光，你忍不住吞下口水，你疑心，有沒有人發現你的變化。你不敢再往下看，可是，你又忍不住繼續，你害怕知道，可你又想知道，你慢慢被移入小說中，你認同怪人的身世，理解他的擔憂，從他裡頭發現自己，甚至有那麼一刻，覺得自己可以是他，已經是他。就是他。

「他總讓你覺得自己是特別的。」

這個「你」，指的是小說人物，也指的是，正閱讀的你。

說起來，那不就是戀愛的開始嗎？

那時候，你就成爲迷宮中的戀人。

閱讀陳雪的小說是危險的。愛上陳雪是注定絕望的。成爲她的讀者某方面都是成爲她的戀人，她在哄誘你，她讓你覺得你是特別的，她讓你發現自己可以不那麼普通，可能不那麼正常，可眞不那樣平凡。

只要你把自己交給她，只要你信了她……

一切像是戀愛。那你怎麼贖回自己？就是這種會賣東西的，才開口閉口說只是在跟你搏感情。讀陳雪的小說應該被放進農民曆後頭的生剋表中。易耽溺，會移情。忌獨身單影閱讀。讀癮易成毒癮。

闔上陳雪的小說。你被偷走了一點心。重新睜開你的眼，望出去的世界不一樣了。那是陳雪的魅力，也是好小說的魔力，她讓你懂了不一樣的人。她讓你覺得，有那麼一刻，自己也是不一樣的人。

小說內部的幣值

作為銷售高手，陳雪小說遵守貨幣的交換率。她的每篇小說總有一個起飛的時刻，明明是人物生出愛的時刻，作者卻寫出感覺的越界，角色忽然覺得「可以殺死對方」。或是被人殺死。

愛的時候近乎死。

愛人就是殺人。

愛與死交換。

死與生交換。

這是感覺的匯兌。一種情感的幣值逢低買入逢高殺出，但你永遠不知道這其中陳雪怎麼完成交換的。

在故事的臨界點上。在情感神祕的漲停峰值高段。忽然就進去了。

一切像是愛。

一切像是性。

那就是陳雪短篇小說酣暢淋漓之處。最能拿出來稱道，卻又無法說明之處。唯有陳雪可以操盤。她就是能在人物情感的低迴處像投顧老師哄誘著你逢低買入，在讀者共感的那一瞬間抬高殺出。專做寫作的殺豬盤。感情上你輸得一塌糊塗，卻又愛她愛得一敗塗地。

這也解釋陳雪在經營的文學，和生活的營生。她教人談戀愛、寫作課，有長篇，寫短篇。所以，她是面向純文學，還是面向讀者？

要我說，她根本沒有面向任何人。

她根本不在乎別人。

這就是惡的極致狀況。

她只想要她想要的。她這一生，只獻給她所想抵達的，所想獲得的。那就是小說。

不管做任何事，就算要奉獻上全部的自己。就算再不是自己。

惡女從來是聖女。有愛的時候，你就是維納斯。

陳雪讓小說變好看，因爲小說裡感覺可以交換，一切都是相對。那是技術。而陳雪之所以是陳雪，只因爲她擁有一種絕對。這就是品牌的誕生。

自序
成爲嶄新的人

這一本短篇集，寫了十年。那麼短的文章，卻需要那麼久的時間來累積，我自己知道答案：我天生具有寫短篇小說的才能，可是我鍾情的卻是寫長篇，挑戰自己不擅長的事，在寫作面前，我喜歡自討苦吃。

這一本短篇集裡的每一篇，都是我鍾愛的。

我還記得開篇〈維納斯〉寫於同婚爭議那時節，我跟阿早時常得上街頭去，颳風下雨，什麼情況都有，有一陣子還去捷運站幫忙發公投連署的傳單，耐心跟路人解釋，與反同大媽爭辯。我記得一次遊行裡，我見到一對情侶，看來就像一般情人，一個帥氣一個嬌美，但認眞一看，兩個幾乎等高的人，那做男裝打扮的，我知道他是個T，而嬌柔美麗的，我知道她是生理男，可能打了賀爾蒙，但應該還沒做手術。就這樣，人物翩翩飛進我心中，種下了根。有一天我靜坐書桌前，「維納斯」三個字浮上眼前，小說的結局在腦中盤旋。我啪嗒啪嗒開始打字，四周安靜得不得了，小說裡只描述一個夜晚，兩個想要跨越性的人的愛與性，時間彷彿靜止，也像是永恆，我就是那個在時間縫隙將某些祕密盜走的人。

〈空無之物〉寫的是人工生殖，女同志求子，是身邊許多朋友都在討論的話題，連我跟阿早也曾經問對方，想不想要生小孩。那些看似高科技的過程離我們好遠，但也有與我相關之處，我想要召喚的就是那曾觸碰我的內心，並使我感到疼痛的感受。

〈男孩為我唱首歌〉寫的是一個被拋棄的浪女在泰國男同志酒吧找男妓的故事，女人買春，男子賣身，看似與愛情最遠，可是一個純真的眼神就可以拯救一個自棄的靈魂。這篇寫作時，我手心顫顫巍巍地，故事或許就像酒吧裡表演的人那樣，從體內不斷掏出什麼，幻化成文字，必要的時刻點石成金。

每一篇我都能說出它背後的故事。

〈我身上有你看了會害怕的東西〉寫的是網路一夜情，這個標題幾乎可以貫穿整本小說。倘若我令人害怕，我依然能夠被愛嗎？倘若我執意要成爲自己，我是否會變成怪物？

同婚之後，我依然寫著那些難以言喻的求愛的人：在夜裡的聊天室、交友網站孤獨地尋覓；那些看似激情的，一夜情、兩夜情，其實有多麼空虛。我們在愛欲裡奮力泅泳，想要說愛的時候只能用身體表達，每一次的性愛都更遠離愛情，多麼令人悲傷。

同婚後的人們，依然有著除了性別認同之外的愛欲難題——愛與生，愛與死，愛與欲。家的各種可能性，也意謂著各種可能的成家後的難題。

同婚通過之後，我們都得到幸福了嗎？

——光是想到這句話，我覺得就值得寫一本書。

我們終於可以結婚、離婚、外遇、忠誠、磨合，愛情與關係裡所有的可能，我們有權利去體驗了。

短篇小說是琥珀裡被時光凝凍的昆蟲，小說家將時間解凍，把小物喚醒，我追求的短篇小說，總是那起飛的一刻。

爲什麼可以起飛？不只是小說技巧，而是視線變換，將自己探向最深處。任一件平凡之事都可能有它的歧途，誤入歧途也並非都是壞事，脫離常規的自己，有可能最接近自我。

從小我就是個奇怪的孩子，滿腦子胡思亂想。成爲小說家之後，我也是個奇怪的作家。我曾經爲自己的奇怪感到痛苦與納悶，寫到《維納斯》之後，我終於理解了自己的怪，那是我與生俱來的天賦之一，我能在最醜怪的事物中找到美，我也能在最浪漫的時刻找到恐怖，反之亦然，這一切相依相生或互爲背反的，就是我的文學最核心之處。

我把這本書獻給所有求愛不可得，卻依然努力的人。無論你經歷了什麼，當你把視線調動，當你以新的眼光將生命重新體驗，我們都有機會成爲嶄新的人。

祝福你。

維納斯

沒有什麼是真正天生的。天生不一定比假的真實。

夜晚的靜降落在鳳凰的房間，是七月某日，大暑，室外天氣悶熱，房內在冷氣的吹拂下降到二十六度，非常適合交換祕密的溫濕度。

父母就在僅一牆之隔的主臥室，但也不要緊。

深夜三點，絕望與懷抱希望的人都醒著。世界安靜得彷彿連呼吸聲都被放大，鳳凰的長鬈髮半遮著裸胸，褪盡的衣物散落身周，赤裸的肌膚白幼，反光似的透出光澤。冬樹想過應當放一點音樂減輕自己的焦慮，但他只是拚命地吞嚥口水，好似有一種耳朵聽不見的節奏在鳳凰身體裡，攪動空氣，製造起伏。她以令人暈眩的方式雙手撐著床鋪，從跪姿緩緩起身，潔白緊緻的大腿從胯下叉開，如建築物以膝蓋爲施力點撐起，象牙白圓柱與床鋪成九十度角尖頂，腿股間的三角洲隱藏在略爲捲曲的陰毛之間，因爲修剪整齊，長度均勻，使得那團「東西」格外明顯。

那物即是她尙未割除的陰莖，忽地袒露出來，沒有勃起，十公分左右，伴隨著兩只緊隨於其後蛋形的陰囊，隨著身體直立慢慢暴露在冬樹的視線裡。「就是這個了。」鳳凰用手輕輕碰觸，冬樹凝望著鳳凰手掌上那個東西，他曾經夢過自己擁有那樣的東西。「很大。」他說。「以不需要的東西來說眞是太大了。」鳳凰說。

「要摸摸看嗎？」鳳凰拉著他的手，他縮了一下。「等等。」

冬樹調勻呼吸，走向床鋪，坐臥於鳳凰身旁，右手探向鳳凰胯下，從陰囊根部以整個手掌托起，有點沉，這是除了電影電視圖片以外首次實體看到所謂「陰莖」這物體的存在，冬樹很意外它摸起來如此溫暖，卻有種脆弱的感覺，不知道跟施打荷爾蒙有沒有關係。「以前更大嗎？」冬樹問，所謂的以前，指的是所有變性程序開始、鳳凰十八歲之前。

「對我來說一直都太大了。」鳳凰用手覆著冬樹的手，那物體在他倆的雙手交疊之下，血管略爲跳動著。

「會變大嗎？」冬樹問。

「有時候會。但也不會很大，就像是突然醒來的貓那樣，把身體弓起來而已，近來愈來愈少了。」鳳凰說。

他們倆花了一點時間研究那物體，非常確定自有生命地兀自呼吸蠕動著，但沒有「變大或變硬」的跡象。

「好可惜」冬樹說，「很想確認一次看看，所謂的勃起狀態。」

「換你了。」鳳凰以不逼人卻非常肯定的語調說。「我要看那個。」

「我要自己脫嗎？」冬樹問。

「我想看你自己脫。」鳳凰說。

冬樹以爲自己會很緊張，心中想著一旦把襯衫脫掉，解除其他東西就會變得非常容易，但他還是選擇先脫了靴子、襪子、牛仔褲、內褲（下半身眞的沒什麼困難）、襯衫、T恤，運動內衣。「等等。」鳳凰說著，手伸向冬樹的胸前，「想不到還眞大。」她揉捏冬樹運動胸罩底下的乳房。「我猜乳頭是粉紅色的。」鳳凰以羨慕的聲調說著。「想太多。」冬樹一把脫掉了內衣。

他們幾乎同時挪移，心有靈犀地並立在房內衣櫥邊的穿衣鏡，他們擠挨著身體讓倒影進入鏡框，平坦的鏡像裡出現圖畫般的兩個裸身，身材幾乎等高。穿衣時纖瘦的鳳凰，赤裸後顯得肩膀寬闊，鎖骨明顯，略可見喉結隱隱，皮膚相對白皙，腰身柔軟纖細。反觀冬樹肩膀圓潤，上手臂壯碩，是長期健身那種圓圓的肌肉，骨架算是纖瘦的，反倒是強練的肌肉撐起了這身材，胸部外擴下垂得厲害，某些已經練成胸肌，錢幣大的乳暈淡褐色，比指尖細小的乳頭是較深的褐色。至於鳳凰的乳房，手術做得非常漂亮，前端筍尖似的翹起，乳暈乳頭都是嬌嫩的粉紅，乳頭小似紅豆，下緣豐潤正好滿一盈握。她是寬肩窄臀長腿，加上恰到好處的乳房，幾乎是模特兒的身材，漂亮。

「我們像雙胞胎一樣。」鳳凰說，雖則他們長得並不相像，氣質給人的印象卻如此相似，或者該說是因爲他們以各自的方式極力跨越自身所擁有的性別，以至於那種流動，那長年累月的扮演，趨近，使得他們變成是「種的相似」。

跨性別者。

鳳凰走得更遠了。

他們倆像在驗證什麼似的，專注地凝望，觸摸，比對彼此的身體，以及鏡中對方的形象。

臀部的部分，兩人不相上下。「我的屁股墊得不夠漂亮，太扁了，但你的屁股這樣小才搭配你的身材。」鳳凰嬌嗔怨道，「大腿是天生這麼細的喲。」她又說。他們背對著鏡子，同時扭過頭來看背後，兩人的脊背到臀部的弧線都很美。看完又拉著手轉了回來，走向床鋪，紛紛倒下來躺臥。

「不過你的一切才是天生的吧。」鳳凰愛惜地撫摸著冬樹的胸乳又說，「我都是做出來的。」冬樹淺笑說：「沒有什麼是眞正天生的。天生不一定比假的眞實。」

鳳凰下體的陰毛濃密鬈曲，冬樹的陰毛則分佈散亂，幾乎長到了肚臍。鳳凰說：「你的是直毛，扁扁的，我認識有這種毛的人都很溫柔。」

他們花了很長時間比對這些細節，然後抱住彼此。

冬樹問她：「逐漸變成女人的過程，口腔裡的氣味與唾液的濃稠會改變嗎？」鳳凰說：「以前還是男人的時候，從沒跟誰接過吻，後來吻過的人都有鬍子，嘴裡老是有菸味。你是第一個擁有這麼柔軟的嘴唇的人。」

「然後呢？我不太清楚接下來該怎麼辦？」冬樹問。

「看過我全部的身體之後，你還想要我嗎？」鳳凰問。冬樹吞了幾下口水說：「還是想，但是不知道該怎麼辦？」鳳凰攬過他的脖子說：「我也不知道要怎麼做，就先試試看吧。」他們側身對望，像張開的貝殼突然闔上，緊貼著對方的身體，頭碰頭，雙手從對方背後抱牢，鳳凰抬起大腿，跨在冬樹身上，她的陰莖軟軟，剛好抵住冬樹的下體的凹處，柔柔地。

從頭開始。接吻吧。

那晚初見面，在熱鬧的酒吧裡。兩組朋友相約，十來人哄鬧，人群裡他們認出彼此，就像天生使然。冬樹明白鳳凰實爲男兒身，即使她那麼美，正如鳳凰也知道冬樹其實是女孩子，即使他那麼帥。在那個酒吧相遇時，他們只是遠遠看著對方，就感覺到一種「這個與我切身相關」的神祕感受，眼光始終無法離開對方，「有什麼事會在我們之間發生，必然地」。他們各自思考了許多問題，身邊共同的朋友站起來，坐下，握手，介紹，這誰那誰，誰誰誰，席間歡聲笑語，調笑調情。酒吧裡他們不是最怪的人，自覺坦然，只是忍不住想著「那個誰」像是嵌進自己心裡柔軟一角那麼合適地出現了，但都不知道接下來應該如何是好。

是冬樹先約鳳凰的。那晚所有人都互相加了臉書，交換手機號碼，立刻可以發LINE訊息，最新式的聯誼，他卻覺得那些手機上的圖案都顯得唐突。鳳凰在臉書上毫不避諱地放生活照與小文章，冬樹的臉書上卻只有每天記錄的日出日落照片，他發簡訊跟她要了e-mail，問了地址，正式地用紙筆寫了一封短信約她出來喝咖啡。

今天稍早在咖啡店門口碰頭，他們都二十六歲，完美的妝髮使鳳凰看來更成熟些。在店裡，鳳凰身著女裝，冬樹不完全男性化的中性模樣，使他們般配，又醒目。

他們倆從下午談到深夜，換了兩家咖啡店，最後到二十四小時營業的麥當勞待到凌晨兩點，像有一輩子的話亟需與對方交談。不疾不徐，任由腳下的地景變換，喝下大量液體，像流水滑過那些建築，漫向屋內的某張椅子，爬上桌，洩落地。這家店打烊，便起身走進黑夜的街道，他們很自然地挽著彼此，幾乎像是一對中年夫妻。鳳凰說附近有個公園，他們就晃進公園裡，冬樹想起這是他大學時代苦苦等過女孩子的地方，溜滑梯前滿地的菸蒂猶如當年擲落踩熄。走累了，又進入店鋪，尋找一組可以對看的桌椅，持續地把那些需要說的話逐漸變成語言說出來。

要對彼此交代自己過往人生並不困難，只是需要足夠的時間。他們人生有許多細節並不相同，甚至可說相似的地方還比較少，並沒有出現「不需言語就可以理解」的神祕感應。他們感應到的，是完全相反的情緒，是一種「必須要對這個人好好說明自己」的需要，同時地，等量地，從心裡湧出來。就這麼做了。

鳳凰說自己有意識以來就認爲自己是個女孩。「我這些年所努力的就是要完全變性。」鳳凰說，年幼時不知有性別，父母也嬌寵她穿著喜愛的洋裝，直到身量抽高，進入小學，她終於知道自己被規畫在「男生」那個國度，且還算是個美男子。隱藏欲望成爲必要。十七歲隨父母到加拿大，隔年開始規律施打荷爾蒙，二十歲做胸部手術，二十二歲開始臉部整形，她以魔羯座的意志力嚴格執行這耗費多年時光的「成爲她」之過程，但到了最後階段，大學畢業舉家返台，因著手肘外彎無須當兵，苦惱於繼續深造或就業，中斷了該在二十四歲進行的最後階段手術，這一拖就是兩年。

兩年，有人說這種事思考愈久愈容易放棄。

「我現在是半個女人了，」鳳凰說，「所以還有半個男性在我身上。我總是想著等我找到眞命天子的時候就要去做手術。你是那個人嗎？」

在公園裡，天上掛著半圓的月亮，陰影像要把那皎潔吃下似的挪移靠近，月光更白，黑影更黑，他們擁抱著，很久不言語。

這種感覺是否叫做愛情？

他們都沒有核實，因爲有更重要的事等待著他們去確認。彷彿是靈魂與身體互相對稱的兩人，有人會說那叫做「失落的另一半」。

鳳凰問冬樹是否感覺自己應該是個男人？

冬樹說變性的欲望倒是沒有出現過，但他一直覺得自己「是某種男人」，並不完全，但已經足夠。曾夢見自己站著尿尿，夢裡他用手掌掂量陰莖的大小與軟硬，感覺像一個水果。酒吧裡認識的老T麥可問他想不想去打荷爾蒙，說是聲音會變粗，屁股變小，「而且性欲會更強」。他思考了幾天，還是決定不要，他向來沒有胸部的問題，或許是因為駝背，穿上襯衫，C罩杯看來也只有A，也或許是因為還沒有碰上眞正必須把衣服全脫光的場面。碰見心儀的女孩，幻想著對方嬌聲喊他「老公」，全身會產生閃電般從腳底竄升至頭頂的興奮，他不會對誰說出關於「老公」這種政治不正確的幻想。

他幾乎都穿格子襯衫，夏天是短袖，冬天則是長袖，再冷些就會加上針織V領背心，衣櫥裡大多是牛仔褲，但也有幾件店裡男裝買來請師傅修改過的西裝褲，最喜愛的是一套獵裝，大學打第一份工存錢買的，一次也沒穿過。

馬汀大夫鞋、ALL STAR、愛迪達球鞋，試過穿勃肯鞋，但走起路來就歪歪倒倒。穿著方面自覺有些跟不上潮流，文青風格也不太適合，他一直想要更陽剛些，但打扮被朋友視為老土。好友都是不分文青拉子，C貨，也有幾個異性戀女性，但無論是誰，沒有他的菜。

髮型隨著設計師Paul的喜好而定，曾經將他整頭染成綠色。這兩年穩定挑染金髮，「要更帥一點」，他說。Paul建議他可以「陽剛中帶點俏皮」。

眞正的性經驗，零。太可怕的數字了。

非正式的性經驗呢？兩次。一次是與有性別認同困擾的好友「實驗性」的接吻，甚至都快脫光衣服了，後來兩人都感覺彆扭，沒有情欲流動，大笑收場。

另一次，是因為酒醉玩眞心話大冒險，跟某不認識的漂亮公關舌吻，他記得那時非常興奮，不過遊戲結束公關就走了。

其他都是暗戀。

國中開始的暗戀明戀，也進展到姊妹淘的手拉手，高中班上一女孩跟他要好，總是老公老公喊他。那時她已經是他，彷彿在把頭髮剃短隨心所欲地穿上牛仔褲球鞋之後，變身就已完成。女孩一聲「老公」喊得他臉紅心跳。某天夜裡在女孩家溫書，擠在小床上睡覺，女孩溫熱暖香的臉貼近他，冬樹用手指去摸她精美的五官，非常確定自己胯下有什麼激烈地起伏了，小心將嘴貼上女孩的嘴，心跳突撞，幾乎喊出聲來。女孩睜開眼，說：「冬樹你很變態耶。」

再沒喊過他老公了，女孩轉而去黏另一個模樣中性的籃球隊員，也是喊老公。

冬樹沒想過變性，但他早早以男性的身分生活，「一種想像即可變身的男性」，對他來說，打荷爾蒙或變性手術都太刻意了。

無從想像。

漫長等待戀愛的時間，他爲自己做了各種準備，喜歡的女孩總是不出現。打工的咖啡店的老闆就是個施打荷爾蒙的鐵T，老闆還有其他友人，甚至已經做好變性，風光辦了「喜宴婚禮」，完全以男兒身娶來美嬌娘。也有些與他一樣在這跨越的邊緣遊走，客人稀少只有自己人的時候，大家高談闊論，都是變性過程的種種，大談性愛、床上功夫，談如何駕馭女人，這些「哥們」像教導徒弟那樣給予他各種建議，甚至帶他去酒吧體驗。「怎麼樣？想好沒？退縮啦？」

不是那樣子。但他說不清楚。他偶爾會因爲某些女人出現，經驗到那次的激昂，這樣的女人可以喚醒他沉睡的男性，比手術更有用。

「那是你沒打過荷爾蒙。」老闆說。「你隨時都感覺自己很奮起，哈哈。」

他心中的話只到了今晚切切地對鳳凰說。

「我拿我這個身體不知道怎麼辦？這身體不是男性，但不妨礙我成爲男人，或許男人這詞對我來說，只是一種身分認同，或許等我跨到那邊之後，我會後悔。」

鳳凰倒是不會後悔。「我喜歡變得漂亮的自己，身上總是香香的，皮下脂肪讓我的肌膚滑膩，看出去的世界都是柔柔軟軟的，好喜歡。」這一身皮囊眞是漂亮，冬樹在電影裡看過一些變性人，少見鳳凰這樣美麗的。

「你知道變性人壽命會很短嗎？」鳳凰問冬樹。「不知道。」他搖搖頭，把她再抱得緊一點。「但是無所謂，活一天是一天。」

「若有天我要做手術了，你一定要全程陪伴我。」鳳凰說。

然後他們就回家去。

鳳凰說手術的過程，上網找了影片給冬樹看，她收集好多資料，連女跨男都有。「腸子做成陰道，不可思議吧。」鳳凰扮了鬼臉，吐吐舌頭，說：「聽說會有快感。」她說曾經看過變性的紀錄片，一開始要用假陽具把陰道擴大，逐漸加大尺寸，把人工陰道撐出彈性的過程滿痛苦的，冬樹想像那模樣。「如果可以把我的換到你身上，你的換給我，不知有多好。」冬樹夢幻般地想像。

「對啊，這個長在冬樹身上一定很壯觀。」鳳凰起身，冬樹也起身。「來。」她挪動著身體，讓冬樹靠向她坐下，用大腿挺住，他們像花瓣那樣相疊，鳳凰的陰莖從冬樹胯下伸出，露出的部分不多，冬樹看著自己胯下突出那小節肉，就像自己的肌膚那麼貼合。

他們兩手相扣，握住那柔弱之物。「太刺激了！」冬樹驚叫，「眞的像是我身體長出來的。」他亦感覺自己下體裂開，鳳凰的某個什麼穿透了他。

「這是你的。」她說。

「這是我們的。」他說。

「最後一次，」鳳凰說，「之後我就要去動手術。」

冬樹握著鳳凰那逐漸變硬的、目前已經屬於他的陰莖，鳳凰撫摸著冬樹如平原上一窄縫的陰道，感覺什麼正在緩緩濡濕她的手指，她繼續撫摸，想像著將來手術後做成的陰道。冬樹說，他會很溫柔地幫忙把彈性硬撐出來，「你一定會是最美最性感的女人。」鳳凰正在體會那個感受，有這麼一道河流，可以使愛人與自己快樂。

冬樹是男人而鳳凰是女人，即使手術尚未完成，他們以愛來交合，那又不是人們所說的靈魂之愛，或肉體之愛，那超越了這些，是兩人幫助彼此還原成他們自己，他們已經看遍對方所有不同之處，他們也能料想未來還會走向什麼，可知或不可知的地方，未來是遙遠的，正在分寸接近。冬樹感覺自己快要射精了，跟夢裡無數次體驗過的感覺非常相近，但要實際得多。鳳凰就是他，他就是鳳凰，鳳凰感受著他那禁地裂縫逐漸綻開，便緩慢將手指深入，鳳凰呻吟起來，彷彿已經感受到將來的自己，將會如何從醫師為她製作的陰道感受到起伏，收縮，激盪，無論是使用按摩棒，或手指，或者他人的陰莖。

他們繼續緩緩動作著，對方身上的性器都變成是自己擁有的，他們專注於想像，確實地感受，終令想像幻化成事實，透過想像的欲望將那有形之物挪移到自己身上，無形者最具體。

他們感到再滿足不過了。

有很長的時間，彷彿聽見海浪，聽見風吹，聽見林間鳥兒啁啾，心臟狂跳如鼓擂，又安靜得像深井，少量的精液流淌在冬樹的手心，像眼淚。他們不曾這樣幸福過。

鳳凰把那柔軟的陰莖擺放在冬樹的密縫裡，宛如藏進一個洞。

他們如鳥兒那樣交頸而睡。
最遠的海面上升起一顆貝，貝殼裡有兩個新生的人。

男孩爲我唱首歌

即使像她這樣沒心沒肺的人，也可能在一段愛情裡突然生出那些會受傷的器官。

原來愛情是從痛苦的強度來衡量的，一顆心可以脹大到充滿整個身體，隨便按一下都痛得撕心裂肺。

走出水氣蒸騰的浴室，狹窄的旅館房間，一張大床橫陳占去大半空間，白色床單被褥裡，206 男孩穿著白色睡袍抱著枕頭看電視，男孩黑而鬈的頭髮過耳，古銅色皮膚像繃得很緊的鼓皮。他摁著遙控器頻頻轉台，彷彿每一個頻道吸引他，但也都留不他的目光。男孩放下遙控器，問她：「你要不要？」

要什麼？當然是性，簡單的英文字彙竟可以有如此多言外之意。尤燕搖搖頭，說：「看你的電視。」講究些的人會覺得這對話也太粗野了，但她與 206 男孩之間，直接簡單的對話是一切，繁文縟節反而顯得矯情。

男孩伸手欲拉她起身，問她，爲什麼不要？尤燕想都沒想過這個問題，就下意識地回答。她自問，「爲什麼不要？來這種地方不就是爲了那種事情嗎？」所謂帶出場就是買春的意思啊！「買春」、「帶出場」，畢竟是尤燕從未經歷過的事，當初與 gay 好友達達到泰國來，只是爲了散心。達達安排第一站是潑水節，第二站就是 Go Go Bar 了。「到底用買的樂趣在哪？」尤燕問達達，意思是免費的性她想要就有，爲何需要花錢去買？達達說：「用錢買，你可以挑選最好的。」最好的？尤燕思考了許久許久，她想起有人說過，「不要錢的最貴」。這句話使她有了進場的勇氣。當她買票走進酒吧，好像有什麼在等著她，或許就是那個還不知道爲什麼必須去做的事，才讓她跑到泰國來。

光是提起行李箱這動作都會誘發她的眼淚，因去年此時，她才與大原一起去了峇里島，說好今年要一起去京都，然而，此時他們卻已經斷絕情人關係，不再往來。分手原因是大原劈腿，說來難堪，大原劈腿算個什麼事，大原那種浪子，交往六年「才」劈腿才算是新聞，她原可以睜一隻眼閉一隻眼，等他玩興過了，又會回到正軌，然而大原卻在尤燕與新歡之間無法選擇。誰都知道所謂的無法選擇最後一定是元配退出。從去年十月撐到今年一月，大原幾乎都窩在對方家裡，避不見面。尤燕撐不住了，她把大原留在她家的所有物品打包裝箱，叫貨運寄回給他，把那個他們一起住過的公寓退掉，在媽媽與姊姊的頭期款資助下，買了挑高夾層的套房，在一個月內請人裝潢布置，火速搬到了新家。

與過去全部斷絕。

懂事以來，她對性愛就特別開放，喜歡做愛，卻難以投入感情，交往過幾個男友，床上熱烈，一下床就感到索然無味。二十八歲時認識了浪子大原，一開始也以爲只是玩玩。起初只是酒後亂性，結果弄假成眞。大原當時已婚有子，還有個女朋友，尤燕故作大方笑稱自己是「小四」，結果大原竟也不避諱地親暱喊她小四。

小四啊，這名稱預示了她與大原的關係，一開始她就居於劣勢。好不容易等到大原離婚（這件事也叫她心酸，她是大原離婚一年後在朋友閒談間才得知），她知道大原隱瞞是擔心她會想跟他結婚，但其實她沒那麼貪心啊。儘管她從也沒想過跟誰結婚，但如果是大原，她就可以。難道連這一點小心思，大原都看透了嗎？她原本是那樣灑脫的人啊。

她記得相識之初，他們總約在賓館，各式各樣廉價的愛情賓館，大原毫不介意地說起這家那家跟誰跟誰的歷史，他彷彿有一張愛情賓館地圖，每個景點上都標注著一個一個傷心或快樂的女人。大原在這方面算是愛炫耀的，一開始他們輪流說著自己的情史、風流史、一夜情、不倫，簡直像是比賽誰比較敗德，但尤燕的故事畢竟都稱不上愛情，說著說著自己都膩了，偏偏大原還處在「說出你的故事，使我性欲高張」的階段，他不知道那些女人的事早就已經會讓她吃醋，特別是某兩個女人。大原描述著她們的瘋狂、性感，甚至偶也有讓他傷心的女人，這點特別讓尤燕受不了。最初她總會拍拍大原的肩，那些傷心往事竟能觸動大原使他興奮，尤燕自己感覺到的卻是一種競爭，她在跟多年前某個「小腿優美得像夢一樣」、「高潮時會濕透整張床單」的女人競賽，可她知道大原誇張，他誇耀自己的傷心或快樂，也誇飾那已經失去的戀情，這份誇張與競爭都讓他們的性愛達到一種不可思議的激情。但大原不懂，「心」是真的會在這個過程裡受到傷害啊，即使像她這樣沒心沒肺的人，也可能在一段愛情裡突然生出那些會受傷的器官。

他們在各個充滿異味的俗豔賓館流浪，直到大原終於說完了他的故事，尤燕感覺自己的心結滿了劃傷後的疤，變得更堅硬，但也愛得更深。原來愛情是從痛苦的強度來衡量的，一顆心可以脹大到充滿整個身體，隨便按一下都痛得撕心裂肺。

她終於等到離開賓館，住進屬於兩人的屋子，沒有妻子、情婦、女朋友，或任何舊情人。在房間裡，在客廳裡，所有一切都屬於他們的，沒有其他人的痕跡覆蓋其上，她要重新寫下他們的故事。

「你不是愛無能，是感情發展遲緩。」大原笑她，「愛起來可厲害了！」大原愈說她愈感到羞愧，自以為對愛情免疫的她，一旦愛起來就像中邪似的，在愛情裡她簡直太弱勢了，所有理智全不管用。大原就是她的剋星，是她的命，她死活喜悲全部的理由。終於熬到其他人紛紛出場，尤燕成了唯一的情人。那段時光眞好，種滿植物的陽台，屋子裡煮好的咖啡，大原是個攝影師，但牆上再也不會貼上別的女人的照片。那個小屋子是她特別找到的，有陽光充滿的書房，有屬於大原的暗房，臥室特地選用她最愛的顏色，浴缸四處擺滿了蠟燭，一個沒有魅影的屋子，她再也不是活在暗影裡的女人。

她不知道大原如何看待那一段她認爲「人生中最幸福的時光」，確實，他們之間的性愛減少了，不是次數問題，而是，大原好像就是那種在臥室裡就會失去野性的男人。所謂的臥室，有自己的床單被褥，精心設計的擺飾，她最喜愛的音樂，這些充滿愛情、溫柔、甚至居家氣息的物品，都會讓大原聯想到「家庭的束縛」。所以，會讓尤燕感到幸福的元素，或許就是大原在逃避的東西。

好日子過不到兩年，大原就劈腿了，而且擺明了他就是想逃避她，這點才眞讓她心碎。或許正如大原說的，一開始大原認爲她也是玩咖，是他遇過最放得開、最「特別」的女人，一旦變成一對一關係，「你跟其他女人也都是一樣，令人窒息」。

「你跟其他女人也都是一樣，令人窒息。」

這兩句話像緊箍咒套在她頭上，成了她失眠頭痛、除了喝酒無法入睡的原因。

明明不是她的問題，但傷口卻劃在她身上。她也知道大原不是更愛那個新的女人，他只是需要一個可以逃走的方法，這些道理她都知道，可是那種屈辱感依然排除不了。說到底，是屈辱感嗎？她曾眼看大原與那個女孩走下車子，他們摟抱的方式簡直她與大原的翻版，她甚至感覺那個新人只是更年輕的她。大原喜歡的女人都是那類型嗎？豐滿的身材，不算特別漂亮的臉，尤燕把自己與那個女孩比較，發現兩個不夠美麗的女人根本沒啥好比的，他們之間最美的是有著一張俊臉、對女人有著致命吸引力的大原。她想起大原愛照鏡子，這個男人根本沒有在挑選或注意女人的長相。

那幾個月的時間裡，她置身於想像的地獄，最可怕的時刻，是她懷疑大原根本沒有愛過自己，而還有比這個更可怕的想法，是大原雖然愛過她，卻因爲發現了她在愛情裡必然的失常，而終於不再愛她了。一層翻過一層，她總能想出一種新的念頭來折磨自己。但好友總是簡單兩句話，「那個男人根本沒有能力愛你。他只是在演出一種愛情」。這樣平淡的話語進入不了她的意識，她只能一杯一杯酒下肚，讓酒精漸漸發揮作用，讓感官淡化、感受模糊，讓一切彷彿銳利如刀劍的思緒、回憶、往事、夢境，所有似眞似幻的意識，所有屬於「心」的作用，漸漸停止下來。

身邊好友輪流陪她喝酒，送她回家，她在最昏亂的時候，會在朋友離開後自己又搭計程車出去喝，跟酒吧裡陌生的男人回家，第二天帶著頭痛與身上的烏青去上班，內心充滿懊悔。然而這樣的生活無法停止，她感覺自己可能就會在某一個夜晚死於陌生人或酒精中毒，直到達達帶她到泰國。

戒酒之旅。

達達帶她到曼谷那條酒吧街，給她介紹過這家那家酒吧的特色，就跟約好的網友到蘇美島去了。「接下來的旅程是你自己的，你要自己走。可以上床，不許喝酒。」達達說。

尤燕並不感到害怕，好像離開台北，就能暫時脫離大原的陰影與咒語，但那天夜裡她自己買了門票走進DREAM BOY，純粹是爲了店名。記得狂愛最深時，她每每在兩人做愛後、大原昏沉睡去時，徹夜凝視大原那張已近四十卻還顯得稚氣的臉，心想只有最自我中心的人才有能力活得這麼「自由」，因爲這份自由，才使他保持了一張俊臉，以及永遠不缺乏愛情的能力，他就是一個女人夢想中的dream boy。她既悲傷又好奇地走下階梯，懷疑這裡可能有著另一個使她感到俊美的男人嗎？

進入位於地下室的酒吧，穿著旗袍、身材豐滿，即使濃妝豔抹依然有張男人臉的媽媽桑親熱地招呼她，說表演九點半才開始，領她到位置坐下。客人還沒滿座，她張望四周，男客居多，女客也有，但大多結伴而行，像她這樣單獨前來的女性很少。她望向酒吧正中，不算大的舞台，只穿著一件白色小短褲的男孩沿著舞台邊緣站定，隨著音樂聲緩緩挪移，幾十個光裸上身的男孩同時在舞台上，幾乎像是迴轉壽司那樣移動著，每個人的白色泳褲一角都別著一個金屬牌子，上面寫著阿拉伯數字編號。那些男孩高度都差不多，一七〇到一八五之間，清一色都是美男，有些練出強壯肌肉，有些還沒，細看臉龐，年齡則在十八到三十五之間，有些看來青澀，有些顯得成熟，甚至變得滄桑。這些男孩或男人，大多面容姣好，至少身材都在中等以上，如此赤身裸體展示自己，無非就是等待台下客人點單。在她看來都是些小弟弟，不是她喜愛的熟男風格。大原雖然長得一張傻臉，卻是極爲粗獷的性格，與台上這些極力賣弄身材、甚至對台下客人擠眉弄眼的男孩完全不同。尤燕是帶著欣賞男子之美的心情看待這些不斷迴轉的男孩，期待著待會兒的大秀表演。就在男孩們幾乎都要下台的時候，她瞥見了一個編號206的男孩，黑色鬈髮，極高極瘦，一雙空靈大眼，直挺鼻梁，小巧的嘴，緊攢著雙手，茫然無措。他完全沒有能力面對台下的觀眾，彷彿嚇呆了，或者完全置身於另一時空，只是傻傻玩弄著手指，等待輪轉下台。尤燕被那一張俊美而不知道自己美的臉迷住，男孩下台了，表演開始。

Go Go Bar 的秀場一向華麗色情，扮裝大戲開場，頂著七彩羽毛華冠、性感衣著金光閃閃、搭配著台灣歌曲〈瀟灑走一回〉飄飄起舞的扮裝皇后，一邊從胯下拉出彩帶，一邊飛繞全場，將那彷彿無邊無際的彩帶從身體裡掏出來，沿著舞台四周的柱子不斷繞圈。舞台上頓時佈滿了螢光七彩的帶子，而觀眾簡直不知道爲何那人還可以從身體裡（屁眼裡）繼續掏出彩帶來。隨著音樂進入高潮，觀眾大喊大叫。接著是拳拳到肉的性交秀，眞槍實彈，對尤燕來說卻更像男男性愛教學影片而不帶色情感。最後一場是大屌秀，各色男子（有幾個剛才在迴轉秀裡已經見過）全裸上陣，都是身材練得最好、性器官最雄偉的，他們做出各種性感動作，將性器像長槍般舞動，台下已經開始有人點單。

恍惚間，尤燕似乎看見了 206 男孩，一個中年白人男子正摟著他，沿著舞台外側走出來。尤燕心中大慟，那男人眞是老醜，「別跟他走」，尤燕心裡低語，這時媽媽桑走過來問她：「有沒有喜歡的人，跟我說。」尤燕想都沒想，說了：「206。」

媽媽桑興奮點頭，好好好，等等我。

這時白種男人摟著 206 經過她面前，近看才知道那不是 206，她認錯了人。

她環顧四周，好一會兒過去，才看見眞正的 206，換上牛仔褲與T恤正從舞台後方走出，朝她這邊走過來了。

多麼好看的男孩，簡直就是CK廣告裡會出現的人物。他手長腳長，穿著貼身的衣褲，顯得更高䠷。媽媽桑帶 206 坐到她旁邊，就喜孜孜離開了，尤燕問 206：「會不會說英文？」他點頭又搖頭：「一點點。」他們一起看了下半場秀，男孩用簡單英文回答她問題，名字：Paul，年齡：二十。「今天是我第二天上班，很緊張。」206 說。尤燕不知眞假，但他的號碼確實是最後一號。男孩問她表演好看嗎？她說好看，男孩點了可樂，她點啤酒，十點半時尤燕問男孩要一起出去嗎？男孩說好。

走在大街上，男孩在前她在後，經過便利商店，男孩要她等一下，她驚想：「該不會是去買保險套？」這時才有了「帶人出場」的眞實感。男孩隨她回到飯店，一進入房間，206 就放鬆了，開心說「我先去洗澡」。尤燕覺得一切都很荒謬，如此多男色竟無法使她興奮，即使她被稱作好色一代女，她也曾與陌生人在酒吧搭訕，發生一夜情，然而隨著大原的情變，過去的她整個被擊碎了，後來那些酒後亂性再也無法使她快樂，而是徒增悲傷，如今她竟淪落到需要買春了嗎？

206男孩穿著浴袍走出來，神色就像電影《麻雀變鳳凰》裡的茱利亞・羅伯茲，乾淨、清澈、天真。男孩開心鑽進被窩裡，說：「換你去洗澡。」尤燕覺得好笑，但還是去洗澡了，浴室裡殘留剛才男孩洗浴過的熱香四溢，彷彿眞是天堂。

然後就這樣一路來到了「要不要上床」的處境。男孩問她要不要，她說：「看你的電視。」男孩開心地轉台，看到歌手劉德華的畫面就停下來，說：「我知道這是台灣人，我很喜歡。」尤燕笑了，那是香港人啊，但她沒多解釋。男孩看到桌上攤開的地圖，一把抓過來，指著曼谷上方靠北的一個地方，說：「這是我家。」他說才剛從家鄉到曼谷工作，暫住在姊姊家。她問：「爲什麼在台上你都不笑？」206說：「因爲很緊張。」尤燕說：「你要多微笑，你笑起來很好看，還有不要一直玩手指，要有自信點。」覺得自己簡直像他姊姊（嚴格算來可以當他阿姨了）。但倘若一開始206就是個笑容滿面、知道自己魅力所在的人，尤燕也不可能點他了。

「爲什麼不要？」男孩問她。

「這樣看著你就很好。」她說。

是啊，男孩近在眼前，臉上還殘留淡淡的金粉，緊緻的皮膚、俊秀的五官，用買的才有如此尤物躺在她床上，她感覺自己就像川端書中老人，《睡美人》的故事，她好像可以這樣靜靜望著 206 男孩美麗的臉龐一整夜。

但是她沒有，他們聊了會兒，她拿出給他的出場費加上小費，叫男孩搭計程車回家。「我現在就離開？」206 好納悶。「對啊，我累了。你也早點回家。」

她送他到房門口，206 好像還處在迷惑中，但只能揮手與她道別。

她想起她給 206 的錢，其實以他的美貌，那根本不算什麼。她與大原交往幾年，在大原身上花去的錢是上百倍。她存了好些年想要買房子的錢，都在兩人交往中，租屋、吃飯、禮物、出國旅遊、買車上頭花掉了，但她毫不遺憾。即使大原最後劈腿，錢也不是她傷心的原因，爲情人花錢，與花錢在酒吧裡的男孩身上，到底有何不同？至少都是她自願的。那夜她沒有再喝酒就睡了，簡直像是被什麼打中頭顱，轟然的睡意侵襲了她，一夜無夢。醒來好像換了個身體似的，神清氣爽，一早她就出門去逛街。

繼續一個人的旅程，早上露天市場恰圖恰閒逛，買了幾件衣服，她已經好久沒有認眞打扮。中午吃吃喝喝，感覺食欲終於恢復了。下午泰式按摩一次買三小時，啊身體確實需要撫慰，是這種不帶色情意味，純然的療癒。然後百貨公司採購泰國本地品牌，觀光客該做的都做了，她幾乎都沒有想到大原，也沒有任何奇異的幻覺。曼谷的炎熱、嘈雜、歡欣都感染了她，但腦中隱隱約約浮現那張沾了金粉的臉，青春可人，簡直燙傷眼睛。她想起年輕時光，她懂事以來愛上的都是大自己好多歲的男人，一定是因爲她年輕時不曾見過像 206 那樣絕美的男子。青春的她不會被青春燙傷，這是要中年過後才會有的感覺。

過到了晚上，所有關於 206 的感覺都甦醒了，一種不可能按捺得住的情緒翻騰。再見一次面就好，她需要某些美麗的事物讓她空洞的心有著落之處。尤燕著魔似的回到那條街，路上酒吧攬客的服務生都拿著自己店裡男孩的相簿一一翻給她看，她愈是翻看那些相片裡的男孩，愈想念 206 清俊無邪的臉，他還能如此天眞多久呢？她像趕著賞花的遊客預感到花的凋落，想著 206，她又繞進了 DREAM

BOY。

一進門，媽媽桑簡直像看到了什麼稀奇事物一樣衝過來拉她的手，想必她付了高額的小費卻在一小時內讓206離開，且兩人並未發生任何性事，這離奇故事已經傳遍了整家店吧！媽媽桑領她到座位，時間還早，舞台上只有一些正在綵排的人，布幕旁有幾個人正在舉啞鈴鍛鍊身體。媽媽桑問她：「今天有來兩個新的男孩，要不要看看？」她笑笑說：「我看看。」

男孩們魚貫上台，等了幾輪。新來的男孩果然新鮮，卻沒有絲毫靦腆，是那種自信陽光的年輕人。她遲疑著是否該找個新男孩，換換口味，但問題是她只點不吃，又何必假裝風流。隨後她看見206在台上，他整個人都不同了，精神、自信，看著她時，臉上綻開燦爛的笑容，偷偷朝她輕輕揮手。節目開始，照例又是瀟灑走一回，她知道她不是爲了看節目而來，向媽媽桑伸手，說：「206。」

爲什麼是他？但又爲什麼不是？花錢買的，爲什麼一定要新的？明天她要離開曼谷了，她想再見一見206。

206輕快地幾乎走跳著來到她身旁，熟練說要喝可樂，突然變得饒舌起來。「以為你今天不會點我。好傷心。」他撒嬌說。「今天的表演也會跟昨天一樣嗎？」她問。男孩點點頭，她說：「那我們現在就走吧！」男孩愛嬌地睨她一眼，她猛然感到被愛竟是那種感覺，會從自卑轉為自信，知道自己被愛，就感到自己可愛。206男孩一夜間轉變是因為他知道尤燕喜歡他，尤燕心中想起大原不知被愛過多少次，被反反覆覆強烈大量地愛過，因而變得自負、自信、甚至自私，是多麼可以理解的啊。她心裡好疼痛，206與大原，就色相來說，二十歲的大原也不可能有206的俊美，所以大原的優勢不在於色相而已，更在於他的才華、他的閱歷、甚至是一落地就不公平。大原是生下來就有人愛著的，而206男孩只有他自己。

種種複雜情緒使她忍不住伸手握了206，他們就牽著手走回了飯店。206的掌心粗糙，或許是身上最為滄桑的部位。

彷彿一切都是昨天的重演，開電視、洗澡、看電視，差別是，男孩在浴室裡待了好久，而一直大聲哼著歌。她為他是如此地快樂感到驚訝，也感到心痛。尤燕想著，自己是個好客人吧，206男孩的初次就遇上了我這樣的好客人，那接下來的日子不就要走下坡了嗎？她想起舞台上表演大屌秀的一些男子，大多是三十左右，臉色已經暗沉、不再年輕燦爛的「老男孩」，色衰愛弛，但這卻是她無法介入的事情。

206從浴室走出來，連頭髮都洗過了。「你去洗澡。」他說。她覺得好笑，但也順從地拿起浴袍走進浴室，依然水氣氤氳的空間裡，彷彿還有歌聲在迴盪。剛才男孩唱什麼歌呢？她沒聽清楚，因爲歌聲是那樣歡快，無論歌詞是什麼，想必都跟快樂有關。

他們躺在床上聊天，男孩突然用力揉捏自己的手臂，她問男孩怎麼了？男孩說：「因爲剛才在運動。現在好痛。」是啊，晚上開演前，許多男孩在舞台旁舉啞鈴，206男孩也是其中之一。「我幫你按摩。」尤燕沒多想就幫他按摩手臂，男孩一臉放鬆地說：「很舒服。」尤燕這才覺得荒唐，笑說：「到底誰才是客人？」206傻笑把頭埋在枕頭上揉。

好傻，好可愛，只是看著他快樂就感覺一切都值得，這就是買春的意義嗎？男孩漂亮的臉在她面前，五官皮膚近看也沒有絲毫瑕疵，反而更顯得傻，他毫無防備，也沒有任何油滑，甚至還沒有什麼男子氣概，純粹的一名美少年，慵慵懶懶知道自己被愛著所以快樂。她不可避免想到年過四十的大原在她身旁時也常有這樣的表情，「在愛裡徜徉」，她總是買單，什麼好吃好喝好玩好用的都要買給大原，好像只要能令他快樂，她就會感到滿足，甚至到最後，知道他另有所愛，所以讓他自由，她什麼都沒要就放他走，因爲她不要成爲使人窒息的人。她就是這樣的人嗎？以往她總以爲對大原深刻的愛是一種生理反應，大原身上滿滿的費洛蒙，所以到處有女子跟隨、追求，而他也樂於接受，因此滿足。那是一種「美人病」吧，知道自己傾國傾城，所以揮霍無度。

但206男孩卻不是這樣。

那是一種她不熟悉、不了解的快樂，她對他一無所知，只知道她對他並無欲望，而更傾向於只是欣賞，與一種保護、憐愛之心。

「你喜歡男孩還是女孩？」她問206，想起前晚酒吧裡鄰座男客與她搭話，是香港來的中年gay，問她看上誰，她笑笑不語。男人說：「我每年都來曼谷兩三次，每次都到這家店報到，但我看上的總是客人，你瞧瞧前面那排左邊數過來第三個，俊不俊？我猜一定是台灣人。」男人喜歡男人，那畢竟是gay bar啊！206毫不遲疑回答：「女孩啊！」當然也可能因爲尤燕是女孩的緣故。答案不重要。

他們閒散地談話，她細心幫他按摩手臂，206抓住她的手：「我們來做愛。」她笑笑說：「不用啊，我不想做，這樣就很好了。」206說：「可是我想。」

可是我想。

一場角色對調的性愛在一張白色床鋪上慢慢展開，與這樣絕美的男子性交或做愛該是非常美妙的事嗎？她正要擁有、享有這具美麗的身體，正如一位男子展開對女子的征途。爲什麼她一點也不興奮，爲什麼過往那些如逐獵的遊戲無法在這裡展開。她動心了嗎？如果是動心，不應該也會動性嗎？難道她所長出的那顆心，除了愛欲，還生出了其他感受，除了悲傷、懊悔、失落、屈辱，心還能表達、傳達、承載更複雜的感受，正如她現在對於206所產出的感覺，或者，她內心深處還殘留對於大原的感覺。

那是愛嗎？愛到最後，一點要求也沒有。

206舉起她的腿，對她做出所有他知道的「性愛」的動作，男孩年輕、堅硬、充滿活力，但性愛過程卻更像是在運動，因尤燕絲毫沒有色情之感，她只是認眞注視著206在所有動作中展現的身體線條、肢體起伏擺動的樣子，他臉上因爲各種感官的刺激而產生的變化，他呻吟、深呼吸、喘息，他皺眉、張眼、嚎叫，所有表情的變化都是因爲自己的身體正在爲他帶來快樂。尤燕發現自己肉體上的感受似乎被抽空了，確實有快感，但那份快感好像不是她自己的。屬於她的是一個觀看者、欣賞者，純然的角度，她看見他全身裸體的細節在各種動作綻放，她看見他性器的進出，那是少男或處男的美麗性器，會在日後的歲月裡慢慢斑駁、熟練、老朽。面對美的一種臣服或許是她的弱點，男孩無論抱著她、摟著她，深入她，或以各種動作擺弄她，彷彿體力太好必須徹底認眞消耗，所有動作都使她神往，她花了很長時間才能不去看他，而能全身心投入這場以金錢進行的性愛中，爾後慢慢到達高潮。

做完愛，206男孩精神抖擻，尤燕卻覺得累極了。他說：「那我也幫你按摩。」尤燕苦笑說：「我又沒有健身。」

「不如你給我唱首歌吧！你剛才洗澡時唱的那首歌。」她說。

男孩納悶看她，隨後就開始慢慢哼唱，她才聽出那是劉德華的〈忘情水〉。男孩歌聲並不特別，怪腔怪調地模擬國語發音，以及歡快的聲音，使得哀傷的情歌充滿一種童趣，認眞的表情就跟剛才做愛時一樣。

她覺得好睏好睏，好像可以立即倒下睡著，好長時間，她不曾滴酒未沾就有睡意，好長時間裡，她沒有一次不是從噩夢醒來，夢裡全是哭喊。男孩唱完歌，她又起身去皮包裡拿錢，「記得搭計程車回去。」她把錢遞給 206，206 穿好衣服，把錢塞進牛仔褲。「你還會來嗎？」他問。「我明天就回台灣了。」尤燕說。是啊，該回家了。

「我要跟你說我眞正的名字，不是 Paul，但我只說一次。」男孩輕輕抱著她，在她耳邊說話。

「＊%&＊@＊&&%%＊#。」男孩說著自己的名字。

那是一串好長的名字，快速說出，只剩下一抹聲音通過。

男孩親吻她的臉頰與她道別，她送他出房門，目送他進電梯，電梯門闔上，她退回房間。

那是什麼名字呢？但我只說一次。我眞正的名字。

那個記不住也忘不了的聲音，那個充滿神祕彷彿咒語的名字，在腦海中迴盪卻無法再現，她非常想要抓住那聲音但知道並無可能。

她好像突然理解了什麼，又好似陷入了更深的困惑，但她心裡某個地方被輕輕撫摸，她也輕輕撫摸了男孩心裡某處，就是那樣的感覺，一種愛、善待、光、歌聲、溫柔，即使是最破碎的人也能夠給予的，把悲慘的情歌唱得歡快，讓一場買春變成美善的時光。

我眞正的名字。尤燕想到她曾經失去了自己的名字，從「愛無能的豪放女」到「原來你愛起來會這麼嚴重地玻璃心」逐漸成爲「因爲被大原愛著而開心的女人」到最後變成了「被大原徹底傷了心的女人」。她失去了自己的名字，所以在黑夜的街頭奔走，在各種徬徨混亂無法自抑的思緒裡傷害自己。她想起那個被遺棄的房間裡曾經有過的歡聲笑語，她想起自己可能是那種長大得比較慢的人，但終於也被一場戀愛徹底地整理過了。

沒有賭氣、沒有報復、沒有自我傷害、沒有相互猜疑、沒有清洗記憶，她悠然緩慢想起自己也曾在浴室裡哼著歌，傻笑像水波一層層在臉上漫開。

所有一切發生都是眞的。包括沒發生的事。我眞的愛過、痛過、恨過、軟弱過，可她還能令人笑出水紋一樣，從臉上漾開一朵微笑。她內心有著眞正對人的情感，還有，還在，她可以感受到整顆心又脹大到幾乎充滿身體，她承受得了。

206　男孩往後會成爲怎樣的男人呢？她想。心痛又快樂地捂著身上那個叫做心的部位。

她流著眼淚笑了。

我沒有完全崩壞。

沒有。不會。不會的。

無有之物

在他們的愛情裡，許多事都驗證著愛情最深濃時並不在那些粉身碎骨的激情裡，而是當所有夢想都破滅，當生命因為疾病、痛楚、災難、困頓被攔腰折斷，是戀人抓著她的手渡過漲潮的海灘、度過風暴侵襲、度過厄夜夢魘。

「昨天我眞的暴怒的！快被東埔寨那個診所的業務氣死！」

「等等，你說什麼東埔寨？」

「我們最近在準備生小孩的事。精子出了問題。從美國精子公司郵寄到東埔寨診所，他們卻說卡在海關問題不能收，又給退了回去，這一來一往精子就報銷了。」

「生小孩？你們要生小孩？」

「人工生殖做小孩。已經準備大半年了，到婦產科檢查、吃中藥調養身體，參加了幾次拉子媽媽的經驗分享，跟美國精子公司購買精子，找東埔寨診所準備人工生殖，都算好時間準備請假了，現在精子報銷，氣死我也。」

那天她們一群好友相約唱歌，五小時唱完通體舒暢，續攤去吃晚餐，小孟提起了求子一事。她們是六人拉子好友，小孟跟格格，安東跟婉清，兩對 couple，另外是單身的 Kay 不分偏 T，小金以前是婆但現在交男友卻拉味十足地瘋狂迷戀碧昂絲。六人皆無子女，年齡從三十到四十多，看起來都還有女孩氣息。她們討論著懷孕生子，言談帶著科幻與夢幻感。

婉清比較早參與到小孟與格格這個懷孕計畫。她們交往五年，感情穩定，不久前去戶政事務所辦了「同志伴侶註記」。格格剛滿四十，一直想要孩子的她，曾交往過幾任男友幾任女友，認識小孟之前，剛經歷一段交往六年卻被劈腿、最後暴力作結的感情。那個T把她嚇壞了，格格本以爲自己會因爲死心跑去跟男人結婚，但幸好沒有，才遇見了小孟，格格發現自己還是喜歡跟女生在一起，但這樣一來，生小孩就變成非常艱難的「任務」。

「以前想的都是怎麼避孕，眞沒想過懷孕有這麼複雜。」

「不就是精子與卵子的結合？找個出精的對象，解決。」

「不想隨便找，也不想找認識的。」

「大陸很流行形婚，跟男同志結婚，生小孩，包套的。」

「那樣後續可能會有爭奪小孩的問題。還是用精子銀行比較單純。」

「我們先是考慮誰生的問題。雖然我比較年輕，但我覺得我生出來的小孩會有些問題，跟我一樣，很麻煩，我的基因就是沒那麼好。」

「我們的計畫是買美國精子銀行的精子，先用我的卵子，我來懷孕。我眞的很想要一個自己的孩子。」

「還有別的方法嗎？」

「方法可多了，可以T卵P生，P卵T生，也可以TP各出一個卵子做成胚胎，看是要放進T或P的子宮裡，生出來一人一個。也有的人會輪流各生一個小孩，有些人還找代理孕母，什麼方式都有。」

「那麼怎麼受孕？」

「是我年紀大了，懷孕沒那麼容易，不然聽說有人就是拿注射筒把精液注進去，也能中，有些人會去診所請他們幫忙注射進子宮裡，機率會高一些。但這種體內合成，機率都在百分之十以下。」

「我看過電影裡有人在酒吧釣男人，直接一夜情求子。」

「偷精子了啊！」

「那保險套可要戳洞才行。」

「那就不保險了。」

「最穩的方法還是像不孕症夫妻那樣，去醫院做人工生殖，成功率有五成。」

「年紀大啊，各方面條件還是差一點。要知道早就生了。但是以前沒遇到可以穩定到一起養孩子的對象。」

「你們還年輕的先去把卵子凍起來，以後想生還有機會。」

「我還不想生孩子，但是對這件事有興趣，麻煩你們說得仔細點。」

「在台灣做就是不合法，眞氣人，只能到國外去，去美國最妥當，但旅費手術費用等等一百萬跑不掉，很多大陸有錢拉子就是一對一對飛去做小孩，有的配套連綠卡都幫你做。」

「本來聽說日本有，但現在也取消了。本來想可以去泰國做，上次去聽拉子媽媽分享經驗，才知道泰國現在也不行了，東南亞只剩下柬埔寨。」

「眞沒想到去柬埔寨不是爲了吳哥窟，竟是去生小孩？也眞算離奇了。」

「主要還是預算的問題，去吳哥窟，不是，去柬埔寨做，光是各項費用加起來，也要破五十，我們先得在台灣的不孕症診所做前置檢查。但這一次柬埔寨光是運送精子都這麼恐怖，讓我們最後還是決定去美國做，錢的事就不管了，畢生積蓄都砸進去也要做。」

「光是這半年調理身體，吃自費中藥，也已經花了兩三萬，生小孩眞是花錢。」

「那養小孩不是更花錢，你們有想過嗎？這樣以後負擔會很大。」

「我爸媽就是這樣講。之前跟我爸媽討論，我妹第一個反對，你知道他們都接受我跟格格的關係了，但提到生小孩，就是反對，說什麼你們現在這樣生活不是很好嗎？生小孩負擔很重，以後你們就沒辦法過著現在這麼好的生活巴拉巴拉巴拉，以前他們錢賺很少的時候也是生下我們了，我媽還說，那你們不是已經養了貓嗎？×！」

「我媽更怪，本來跟她說，她還滿高興的，還說，不結婚有孩子也滿好的，有小孩就有依靠了。這次我回老家再問她，她突然也反對了，說什麼我已經老了，也沒辦法幫你帶小孩，以後你會辛苦，還是現在這樣就好了。」

「經濟也是個問題。像你們現在住五樓沒電梯，以後抱小孩爬上爬下的，很累人。」

「到時候會搬家。」

「即使困難這麼多，我們還是很想要有孩子。」

「精子怎麼挑選？」

「幸好小孟英文好，都是她在美國精子銀行網站上逐一地篩選，我們討論過很久，最後決定希望是有亞裔血統的，日本或華人都可以，網站上可以看捐贈者小時候的照片，有的真的好可愛，身高體重血型生日智商學歷喜好專長都列得清清楚楚的，看得人眼花繚亂。」

「所以你們要生混血兒嗎？」

「算是啊，反正格格長得也像混血兒。」

「我們挑了很久，最後在兩個捐贈者之間猶豫，一個有一半日本血統，哈佛畢業，天秤座，個性活潑，現在從事音樂工作，我通常都會看網站工作人員對他們的描述，他們說他長得非常好看。很少有這麼直接的描述。」

「我也看上另一個大眼睛的，長得跟我有點像，他是四分之一華人血統，小時候的照片超級可愛，各方面條件也都很好，給你們看他小時候的照片。」

「好難選擇，眞的都好可愛。不一樣的可愛，難以抉擇。」

「對啊，我們超猶豫的。」

「但是日本那個是A型，大眼睛的那個是B型。」

「血型有什麼問題嗎？」

「我對B型眞的沒辦法。」

「怎麼說？」

「你們不覺得B型很散漫嗎？」

「我跟B型處得還不錯。」

「但是B型那個有花粉熱跟蕁麻疹。」

「所以還是選A型的。」

「想不到連血型都可以控制。」

「有些人還會篩性別呢！」

「聽說會生出雙胞胎。」

「別詛咒我們，生出兩個就麻煩了，眞的會養不起。」

「那星座呢？」

「精子的星座看不出來。」

「但我們會避免生出處女座和巨蟹座寶寶。」

「如果九月去做的話，會生出雙子座的寶寶，你們可以嗎？」

「牡羊跟雙子很容易做朋友，應該沒問題。」

「反正我就是不要處女座的。」

「那麼多選擇在面前的時候，眞的不免會想到很多問題，當時也會思考，這樣選擇精子是不是很條件論？但是後來想想，人們在擇偶的時候也是會考慮很多，只是外在行為看起來是戀愛，戀愛也是一種挑選行為。」

「生理本能都是在選擇配偶的時候已經先過濾條件了。」

「有些人就會覺得這樣選精子很現實，好像不自然，就會想要從認識的人找精子，但人工生殖本來就有不自然的地方，刻意找認識的人我覺得也是不自然。」

「但是有些人連胚胎都篩選，選性別，排除有基因缺陷，真的到時候要我選我會很痛苦。」

「過程知道大概是怎麼回事嗎？」

「大致知道，但是現在細節還不想去看。」

「牡羊座就是很逃避。」

「二十五歲那年，我整個都處在一種好想懷孕的狀態，跟交往的人無關，也跟性衝動不同，說不上來是一種什麼感覺，就是覺得體內有什麼呼喚著我，想懷孕，想生孩子，那時我真的有衝動想找個男人生個孩子，就是生孩子。」

「那現在還可以生啊！」

「衝動沒了。就那個夏天而已。」

「我知道那種感覺，我三十五歲那個夏天慘爆了，剛剛結束悲慘的戀愛可是我好想生孩子，前男友要跟我復合我就跟他同居了，那時我沒地方去啊。做愛的時候我想到很多過去的事，跟男人做愛眞簡單，就是簡單，要說快感也有快感，好像水龍頭打開就有水，如果不戴保險套，孩子就可以生出來，當異性戀就是這樣的事嗎？打開水龍頭就有自來水，可是我覺得我沒辦法愛他了，一切似乎都很好，我們分分合合多少次了，最後我還是會跑去交女朋友，但我覺得我們已經不是愛情了，我在他眼睛裡看到的是我們可以順利結合、理所當然地結婚，他覺得我是一個好的伴侶，也很適合當母親、妻子，跟我生活在一起應該也會很不錯，我看到的他也是如此，但人生好像就此定調，沒有其他可能了。這也會是我們最後一次復合，我三十五歲了，這次若不跟他結婚，我也過了適合生育的年齡。分開的時候，他很埋怨我，說我把他當成萬年備胎。說實話我到現在還是弄不懂自己，爲什麼沒辦法跟他生個孩子，卻寧可現在這麼大費周章，千里迢迢要去做一個小孩。」

「那是愛啊！」

「可是精子的主人我不認識。我不可能去愛那個精子的主人。但我們每天晚上這樣在網站上瀏覽著各種精子提供者的資訊，一點也沒有詭異的感覺，我們在尋找最適合做出我們的寶寶的精子，重點是，那是我們的寶寶。」

「所以我們的愛不是建立在血緣之上，而是在一種更爲深層的地方。比如明明是她的卵子跟一個陌生人的精子結合而成的孩子，但我知道我會愛她。最好是女孩，如果可以選擇我們都想要女孩，這是我們的孩子，即使我可以參與的部分不是在懷孕跟血脈之上，但我與她們息息相關，我就是知道，我能夠去愛她們。」

「但我們還是想要選擇有開放精子資訊的方案。如果將來孩子長大想要尋親，可以透過一定的資訊找到她的兄弟姊妹。其實我們也無法確定孩子會怎麼看待『父親』這件事。」

「關於這點，我們往後會一點一點跟她討論。」

「我倒是沒有想生孩子的衝動，但是做愛的時候會很強烈地感覺到想要讓對方有我的孩子，眞的是很具體的感受，想要把自己的什麼噴灑到她的體內，雖然我也沒有那個。感覺卻像是全身都充滿了一股衝動，可以化身爲億萬個精蟲。」

「那會不會是生物本能？想要傳宗接代？」

「那是占有欲吧！」

「不是，是更爲抽象、難以言喻的一種感受，做愛的時候，感覺是全身心的投入與融合，想要與她更充分、更徹底的結合。」

「占有欲！」

「你不懂啦！那種明明沒有可是卻比眞的擁有更爲具體的存在。某種程度來說，我覺得我是跨性別。」

「你是說屌。以及精子？」

「不是打開水龍頭就可以流出來那種。缺失的擁有，空無的存在。無即是有。」

「虛構的雄性？」

「不是虛構，是眞實的，無法以具體的器官來衡量。」

「我好像也曾有過片段的感覺，但我也感覺到自己身上的母性。我應該是都有的那種。」

「所以攻受皆可？」

「你都只會想到性。」

「不換算成性我沒辦法了解啊。」

「比較麻煩的是我媽，她就是不知道該怎麼去看待這個孩子，她好不容易才接受了我們是伴侶的事，現在要她去想像一個孫子，但又跟我沒有血緣關係，她說她不知道該怎麼辦。」

「很多人收養孩子，也沒血緣啊，還是很愛。從感情方面去理解不行嗎？」

「我也是這樣跟他們講，他們現在還在震驚階段。」

「有些人就會覺得啊萬一以後要是分手了，不就什麼都沒有。」

「愛本來就是一種冒險啊，又不是在搞投資。」

「不知道其他拉子情侶怎麼處理分手後的問題。」

「上次報導那對T卵P生的拉子後來就分手了，孩子歸給了那個P，結果她又交新女友了。那個T的處境比較難，變成要去看孩子要先約，領養的事現在也沒辦法處理。」

「還是要婚姻合法啦，還有撫養繼承權的問題。」

「好期待看到寶寶的出生。」

「被你們一說我也好想生寶寶。」

寶寶寶寶寶寶寶寶寶。

在嘩啦啦的談話裡她墮入往事的迷霧裡，是年二十五歲她想都沒想過生小孩但確實確實沒日沒夜性愛激烈如焚燒自己終於燒出胚胎一個，她恍惚想到換作此時價值半百可那時啊那時她不可能生育不可能撫養不可能結婚不可能的愛情繼續著只因爲無法停止，說不定只是因爲賀爾蒙作祟費洛蒙起乩因爲男人總不愛保險套可是他們也不愛小孩到底用了沒用保險套自己也弄不清楚，平靜的吃食溫暖的餐桌人人談論著孩子的話題沒有男人無有父親我們依然可以生養嬰兒將之撫養成人，但那不是我我不可能過去現在未來都沒有，那年她施行人工流產手術墮了一個孩子她愛著不能分開也無法好好相處的男人她不能生下他的孩子，他永遠也搞不懂爲什麼。施行手術那天醫生用超音波照著她的腹部指出那個小小的點就是這個看見了嗎其實沒看清楚只是小小一個點會動，醫生說確實懷孕了別看那只是小小一個幾乎看不見，那個黑點是生命。

爲什麼過往每段戀愛都愛得那麼慘烈爲什麼只是想要好好去愛卻變成從內在裡直接地核爆？她從沒想到自己可以順利活過四十歲，曾經瘋狂爆裂的生命已然靜靜如水但她回望過往，她曾經仰躺在手術台上等待麻醉進行手術心裡卻深知她內心早已麻痺所以一次一次性愛無能甦醒也無法搖動所以再來更多更多性愛以證明相愛，手術台的燈光刺得她發暈可是那個黑點如痣長在心上成爲去除不了的斑痕至今猶存。她微笑著續聽朋友們交談準備生養製造一個孩子必須耗盡所有存款五十萬八十萬一百萬到底夠不夠能不能製造一個生命，但以前多麼容易輕易簡直像是抓娃娃把一個娃娃從身體裡抓走喝幾天生化湯喝幾盅雞湯彷彿不曾發生過任何事。

許多聲音在她身體裡響起。她想起了自己的子宮已在三年前摘除生兒育女的話題在她身上已不適用，好奇怪的感覺腦子裡轟轟轟的靜不下來，有什麼刺痛她的記憶，是啊我已經是個不能生育的女人了。

戀人彷彿知道她心有所感似的握著她的手，方才說著無即是有的戀人，輕輕一握，將她拉回了現實，那些斷續的聲音安靜下來了，無即是有，沒有子宮又怎麼樣呢，重要的是你活下來了。戀人彷彿這麼說著。

重要的是你活下來了，你越過了死亡與瘋狂，穿透了疾病的糾纏，活到了現在。在他們的愛情裡，許多事都驗證著愛情最深濃時並不在那些粉身碎骨的激情裡，而是當所有夢想都破滅，當生命因爲疾病、痛楚、災難、困頓被攔腰折斷，是戀人抓著她的手渡過漲潮的海灘、度過風暴侵襲、度過厄夜夢魘。

不是男人或女人的問題，而是那時候你還沒有辦法好好理解自己，你還是個破碎的人不可能負擔另一個生命，你花費好久的時間才理解到這些，時至今日這番談話裡你才知道自己一直在意著那個失去的孩子，你要在心裡好好跟他或她告別。但願好友們可以生下她們想要的寶寶，但願你也把自己心裡那個破碎的孩子安葬，肚腹裡不存在的子宮孕育著不存在的女兒，在這段短不過幾秒、旁人難以察覺的回望裡，你感受著超音波上那個小小的點微微的起伏，那永遠缺失的，會長久存在，撲通，撲通，撲通。重要的是你可以寫。把她寫回來。

沒有也存在。

塵埃

海有海的光，安娜有安娜的光，她攤開一地雜物向我，猶如將內心之海敞開給我。她需要我使我快樂，也擾亂了我。我能整頓自己的人生如整頓他人的房屋那樣嗎？

窗簾是俗麗的花色，老舊黑色電視櫃中央放置二十七吋電視機，兩旁散落雜誌書本漫畫安全帽雨衣購物袋等雜亂物品，沙發有一張三人座、一張單人座，三人座還算乾淨，堆放兩個花色不同的抱枕，單人座則擠了兩隻貓玩偶。我進到這屋來已經三個多鐘頭，職業病使我無法不注意到這房裡有多少該丟的物品，又有多少東西胡亂堆放。我可以想像其中居住的人過著什麼生活，那些房門緊閉的小房間裡可能更為雜亂，但也可能極度乾淨，因為大家把東西都堆到客廳跟走道上了。這就是一般的「分租公寓」。

安娜捧著一疊鞋盒向我走來，她神情嚴肅像個使女，彷若正在執行某種任務。鞋盒大小不一，黑褐兩色交織，更予人以祕密的氣息。「我想請你幫個忙好嗎？」她問我。

她害羞的時候，圈狀紅暈從淡薄粉底透出，使肌膚呈現透明感，雖然實際年齡已經三十二歲，說此話時她神情卻像少女。

「儘管說，只要能力所及我都願意。」我回答。很想伸手撫摸一下她發紅的臉，渴望看見她素顏，想必會有些許斑點散落，膚色大概不太均勻，但我仍想看見她脂粉未施的臉。我與她還不是戀人，現在就有這樣念頭使我忐忑，我想我喜歡她，希望她也喜歡我。

「我有些分類上的問題想請教你。」她說。正如這兩個月來的相處，安娜比一般女孩話少，一句話得分幾次才能詳細說明，難以想像她平日的工作是在處理客訴電話，但也可能話語能力都在上班時間用完，下班後講話就顯得費力。我靜靜等她開口。「其實是想要你幫我整理我的雜物，因爲搬來這裡半年了，很多東西都還在箱子裡，很難找。」說完她的臉整個唰的紅透了。

我們在交友網站上認識，網路聊天有一搭沒一搭，偶爾的簡訊，幾通電話，逐漸發展成每夜簡訊往來，聊了半年終於相約。安娜長相一般，圓眼睛小鼻子厚嘴唇，她身材豐滿，以現在的審美標準就該是個「肉肉女」了。她或許對自己的外表失望，但我卻眞心喜愛她的模樣，豐潤的雙頰，手肘間擠出的小窩，笨拙的化妝，廉價的衣裳。現在的女孩都太瘦太精明了，她的肉感與土氣富有強烈的生命力，即使在這樣簡陋的屋裡也能發出光亮。

第一次見面隔天我又打電話約她，此後兩個月我們每個週末都會見面，大多是星期六的下午，一起看場電影，吃頓晚餐，去附近的公園散步，然後我送她回家。今天她約我在她家晚餐，她做了水果沙拉、蔬菜義大利麵、蘑菇濃湯，我則帶了紅酒與起士蛋糕。安娜的室友都不在，她住處是三房兩廳的分租公寓，屋裡相當凌亂，非常不適合約會的地方。所有東西都吃完，碗盤也洗淨，還來不及出現沉默的空檔，她立刻給了我一個任務。

「沒問題啊，我來看看。」我說，安娜將盒子擺地，蹲身伸手怯怯地逐一把盒子打開，每個盒裡都塞滿物品。我也靠近蹲下，她立刻站起來，彷彿我會罵她似的。「我就是不會分類啊，所以沒辦法整理。」她說。「我看看。」我翻動那些盒子裡的小物品，不知名藥丸兩排藥膏兩小罐眼藥水三瓶棉花棒一小罐，髮夾大小共五枝，鯊魚夾三個，花色與材質各異的髮圈四個，其他散雜有鏡子手機電池充電器……還有蛙鏡跟泳帽。這是第一盒。第二盒，伏冒錠一盒，伏冒熱飲散裝三小包，梳子兩把，指甲剪，針線盒，六捲卡式錄音帶，手機吊飾一堆，便利商店多年前流行的 HELLO KITTY 磁鐵數十個，轉蛋公仔七個（火影忍者與海賊王各角色），比較占位置的是散裝的各種尺寸廠牌的衛生棉……

其他三盒內容大同小異，都是些生活用品，全部攤開後發現有許多重複購買，我逐一分類，放置在地板上，把鞋盒清空，擦淨，物品分成藥品（內服與外用各一盒），美容髮妝（還暫不裝箱，得等我整理到她的化妝保養品再說）和生活雜物。

她說還有兩大收納箱的物品堆在儲藏室，我看著她，還沒開口說話，她已經臉色慘白，焦慮不安。

「沒關係我們慢慢整理。」我溫柔回應，蒼白的她也令我喜愛。

她站在一旁低頭望著我，角度關係使她看來高䠷，她盡力微笑仍遮掩不了緊張，她幾乎還是陌生人，卻將衛生棉感冒藥等私密物品暴露在我眼前，但我最擅長的，不就是清理陌生人的屋子嗎？

海有海的光，安娜有安娜的光，她攤開一地雜物向我，猶如將內心之海敞開給我。她需要我使我快樂，也擾亂了我。我能整頓自己的人生如整頓他人的房屋那樣嗎？

＊＊＊

整理，分類，打掃，丟棄，是我的天賦，也是我的工作，我是幫人清潔打掃的鐘點工。大學讀的是哲學，畢業後做過一陣子報社記者，寫過廣告文案，也接過自傳的代筆，無論做什麼都覺得自己與那工作之間沒有直接關連，彷彿只動用到自己身體的一小部分，使其他部位逐漸萎縮了。雖然努力應付總可以蒙混過關，做得也符合業主要求，但心中卻逐漸空洞萎縮，後來還得了抑鬱症，呈現飲食失調的狀態。待業養病那年，朋友總拉著我做這做那，怕我在屋裡愈悶愈壞，一對新婚的朋友請我幫忙整頓老家改做新房，整修過程裡我參與不少，他們夫妻倆都讚賞我有「化腐朽爲神奇」的天分。那次經驗我亦發現自己或許能以「收納清潔」謀生，就去清潔公司應徵，做了兩年，還升到小組長，專門帶新人，在那兒學習了許多清潔的專業技巧，也認識許多同行。日子一久，我又覺得不安，覺得這其中應該有什麼是我更想做的，於是離開公司，自己夥著幾個朋友開了間小型的「居家清潔」工作室，可以挑工作，疑難雜症反而得心應手，成爲公司招牌。至今營運三年。我們目前的價碼以同業來說算中高的，開車運送大型廢棄物價格另計，有人稱呼我們這類工作爲「清潔工人」、「家事整理員」或「收納達人」，而我總是在網路上以聳動的標題寫著「住家搶救」，這是寫文案的經驗得來，但也並無誇大。

我在網路上架設工作室的部落格，po 幫客戶做收納與分類的 before and after 成果照片，甚至還寫下感人的工作日誌、客戶回饋心得，網路口耳相傳，不但有定期的客戶，還有房屋仲介公司與我們長期合作，可說案子接不完。最主要的是不怕髒，愈髒愈亂別人愈排斥的案子我都將之視爲挑戰。我們這四人小組各有專長，小王力氣大，老劉經驗豐富，麗麗擁有八爪魚般的清潔功力，而我則負責廣告宣傳、接洽工作、安排人事、協調分工，以及最難處裡的分類與收納。我們不但幫忙清潔，還協助善後。客戶不要的東西，經過分類處理，小王跑回收站，老劉熟悉古物商，麗麗接觸二手商店，分層處理，垃圾變黃金。

整理，分類，收納，丟棄，把被各種物品垃圾包圍侵呑的屋子恢復原狀，是我們工作的內容，達到它未曾體驗過的潔淨整齊，是我們追求的境界，至於清潔打掃反倒是基本配備。我見過各式各樣幾乎被雜物淹沒的屋子，我總是盡量運用最便宜的組合櫃，或自製的收納盒等，或各種回收再製的家具，將那原本已成雜物墳場的屋子變身，屋主與其他人臉上的神情幾乎都是「不敢置信」。在我看來，最重要的步驟不是收納，而是如何丟棄，每次與客戶之間最大的拉拒也在「什麼該丟」、「什麼該留」，而最終，如果什麼都要留，就不必找我們來了。一般清潔工做不到的就是勸客戶把東西丟掉，「使他們的生活復原」。我喜歡看到所有以爲該用會用總有一天用得到、「棄之可惜」的物品，從屋裡拿出，豪爽地裝進垃圾袋裡，裝進紙箱，讓工人載走。當屋內不適用的雜物逐漸減少，屋子的靈魂彷彿才逐漸顯露，這過程我總有難以言喻的快感。自己能協助旁人恢復生活秩序，使我感覺平靜。

我們經手的案子無奇不有，有美少女購物狂家中奢侈品成山成堆，父母忍受不了所以找我們來處理。有小情侶女方忍受不了男生的邋遢，男生又嫌她不善家務，幾乎要鬧分手。有男人因爲妻子過世一整年不曾打掃，只能不斷買新衣新襪，或重複穿髒衣髒襪，我接到他電話時，他聲音哽咽，近乎哭喊嚷著「救救我」。有家中長輩過世，不知如何處理占滿各處的遺物紛爭四起的親屬。有人想要裝修房子，得先把舊物清除，卻沒有頭緒清理，以致工期不斷拖延。有的家庭塞滿組合家具，雜物卻依然爆炸四散，有人家中有成套的系統收納櫃，屋裡還是一塌糊塗。有戶人家收集或收留上百尊落難神像，父親過世後孩子不願意繼承那些神像。有人收藏各式銅雕鐵器，因爲破產需要換到小的房子。有人專愛把舊冰箱往家裡藏，有人，甚至在屋裡堆放一百二十台廢棄腳踏車。

每個家庭都有各自毀壞的理由與過程。

我在客廳地板協助安娜把五個鞋盒的內容物分類、收納，仔細說明爲何如此分類、所謂分類的意思是什麼，並將其中過期的藥品丟棄，幫她找出房間裡方便收藏與取用的空間，將兩個書架的書合併，清空了一個層架，把鞋盒整齊堆放其中。

安娜的單人床靠牆，床單是白底藍色細花，床上堆滿了衣服，這是我第一次走進她的臥房，還來不及有浪漫感覺，我已經構思如何將她這四坪大的房間徹底改造。我告訴她，往後一旦遇上無法分類的狀態，先把雜物放置在一旁的小籐籃裡（在上頭貼了暫存區的紙條），等我下次來時再幫忙分類。

安娜帶我回到客廳。這種分租公寓最大的問題就是把公共空間當儲藏室，沒人願意承擔維護的責任，這個沙發恐怕也是安娜今天刻意整理過才能安坐。從玄關廚房飯廳到客廳，每一處都散落風格不一的家具，內外都堆積不可勝數的雜物。

或許是因爲我很快幫她處理了問題，使她領略了分類的奧祕，她眼神頓時充滿愛慕，突然對我表示親暱，我們在沙發上接吻了。屋裡的凌亂一直讓我分心，安娜身上有股幽淡百合花香，雖然不善家務，舉止動作也有些孩子氣的笨拙，但從見面至今，我對她的喜愛有增無減，我只是還不知如何下一步行動。

夜深了，我起身告辭，要她早點休息。

離開時感覺她似乎欲言又止，「下週再來我家吃飯，我來做中菜」，她說。她做的菜並不好吃，但我心中湧起一陣難以言喻的情感，這種感覺使我混亂，便快步離去。

站在大街上，凝望安娜住處的窗台，垂放的窗簾映出晃動影像，那比一般女孩大一號的身影，仍凹凸玲瓏綽約有致，她的陰影多美麗，不必直視她使我能更仔細端詳，但那夢一般的身影眞是她嗎？我想像她褪去衣衫，贅肉晃動，更添性感。從南部鄉間北上工作，一直在私人企業裡擔任客服小姐，多年過去卻僅落得一個雅房容身，安娜房內的淩亂使我心痛，那些她不知如何分類整理的舊物，是她八年離鄉辛苦所有的積累，那些物品記錄了她坎坷的情路、艱難的求職，我非常渴望返回她的屋內，將她的手置放我的胸口，「我會修好它」，我想說，「不用分類，就將它握在你手中，握緊它，別鬆手」。

我搖頭，再搖頭，倘若這時我有抽菸的習慣多好，我可以假裝只是在路燈下抽菸，而不是窺探我不敢追求的女人的窗口。

＊＊＊

就現今社會的定義，我大概就是所謂的女同志裡的T，年輕時被當作不男不女，童年時總被喊作半陰陽，但我都無所謂，因爲生命裡有更棘手的問題。我確實愛過女人，將來也還會，但我不知道自己一生是否眞正能擁有一個也同樣愛我的女人，如今夢想這樣的事對我來說似乎太奢侈了。因爲工作緣故把頭髮剪短，天生自然捲使得頭髮又亂又蓬，但我不願讓客戶覺得我是男人，所以頭髮長度總在耳朵附近，兩個月不剪就會變得雜亂。三十四歲的我，一般人眼中看來已經與一般歐巴桑無異了，但強壯有力的歐巴桑的形象更適宜我的工作特質。

我當然不施脂粉，也不講究穿著，中等身材，但每天慢跑運動，睡前還要來兩百個伏地挺身，吃這行飯，體力也是本錢。有時走進女廁會引發注目，但還不到被趕出來的地步。

幹我們這行是賣勞力，少有家境富裕的。小王是都市原住民，長期當建築工，後來才轉行到清潔公司。老劉古董店生意失敗後妻離子散，先後開貨車開計程車送快遞，也當過搬家工人。麗麗原本是個賢妻良母，離婚後還得償還前夫留下的卡費，先是做信用卡，後來又賣保險，人脈都用盡後發揮家務專長做起清潔婦。我們這群人，原本是天南地北不可能相聚，卻因爲工作的緣故碰上。說是投緣嗎，我更相信是一種類似於供需的互補，我們單獨一人成不了事，合在一起就有妙用。我們每天辛苦幹活，身上汗水濕透衣裳，回家後鰥寡孤獨。在這偌大城市，要找處地方安身卻也不易，後來我索性租了一棟老屋，因爲產權問題不賣也不改建，就讓我們幫忙看守，稍事改裝，就當辦公室兼員工宿舍。院子裡常堆滿尚未處理掉的回收物，但屋內還算整潔，後來麗麗把上小學的兒子東東也接來了。屋子簡陋，家具都是客戶不要的，但頂有塊瓦，床上有彈簧床，幾個人湊在一起，做什麼都熱鬧，有時開伙弄個火鍋吃，院子裡照節日拜拜、烤肉，後來老劉還養了條狗。

雖說是不錯的地方，但我從未帶女孩子來。我想，在外人眼中，這裡仍像是流浪漢的聚集地吧，網路認識的女孩只要聽見我的工作是「清潔工」，沒有不打退堂鼓。安娜算是例外了，她說自己的工作也是一種清潔，「負責清理客戶的不滿」。我覺得這女孩眞特別，但也還沒特別到可以帶回工寮裡的程度。

我手上還有點錢，其實可以去租個像樣的地方，過點可以跟女孩子約會的生活，但住在這裡，使我有種無須直接面對自己生命的輕鬆，我可以專心扮演「小組長」的角色，專注地處理那些客戶的疑難雜症。客廳裡總是播放著第四台政論節目，麗麗跟小王似乎有些曖昧，跟老劉也有那麼點情愫，小王與老劉常鬥嘴，但他們都愛政治新聞，都喜歡喝維士比加咖啡，算得上是拜把兄弟。休假時我會帶東東去公園騎單車，有時，我跟麗麗與東東就像一家人那樣去超市採購，麗麗會抓著我的手說，「不然我們在一起」。「我們已經在一起了啊。」我笑笑鬆開她的緊握，她就臉色暗暗說：「我知道你跟我們不同世界啦！」語調裡不無抱怨，但隨後她總會若無其事地過來拍我的背，說：「大學生，開開玩笑袂計較啦！其實我也是比較喜歡男人。」沒案子的日子，我們四人一起喝酒，打牌，看電視，去年過年連假，我們還一起去阿里山遊覽呢。

有時我在房裡上網，屋外的嘈雜聲使我安心，這些與我毫無血緣的人，他們絲毫無法理解我內心任何思緒，不理解我的背景，卻依然信任我，願意與我一起生活，我想這裡可以稱爲一種家的結構。我在睡前翻書，都是年輕時候讀得熟爛的書本，我想我現在才能懂得內容。我安靜睡去，夢裡，都是光影散落，有時彩色，有時黑白，沒有任何劇情。

＊＊＊

星期日是探視母親的日子。母親住在一家宮廟開設的安養中心，她一生慳吝愛錢，唯獨願把大量的金錢都投入這個宮廟的建設，她總說在為我們積功德、消業障，我們一家人除了她，誰也不信那一套地獄天堂與前世來生之說，然而她人生最後孤獨無依，收容她的也是這個宮廟，當然，我們還得持續地付錢。

六月中，我與安娜初次見面隔天，兩年多不見的哥哥找上門了。哥的頭髮比安娜還長，大概是什麼新穎的造型，編成滿頭黑人髮辮，緊緊箍住頭皮，他才剛從非洲回來，不出所料地曬得非常黑。我哥是個藝術家，專長是什麼我不太清楚，劇場之類的吧，但又聽說他也唱歌，最近則是表演非洲鼓。哥哥與我不同，他靈活輕巧，帥氣幽默，流暢來回於爸媽與女友與各個國家之間，輕易滑行毫無阻礙。

「媽中風了」，哥說。我們碰面幾乎無話可說，兩年不見以此開場顯得怪異，但也再確實不過了。哥與媽同住，但他大多不在台北而是滿世界跑，媽支付他作為藝術家的總體開銷，而他付出的是留在她身旁，儘管只是名義上也好。

說完他一副急著走的樣子，我也沒留他。「髮型不錯喔。」他比著我的頭髮說，可能是希望我也這麼說他吧。「收拾東西我們一起去醫院吧。」他說。

我無語回到餐桌繼續喝茶，心中點算這件事到底屬於何種量級的事件。母親中風了，六十五歲的她，原本仍像裝了鹼性電池似的活躍，卻說倒下就倒下了。父親早已與新任妻子移民到加拿大，哥哥剛回國，但以他的性格說走就走，看來照顧母親的責任依然落在我肩上。我收拾了簡單行李，與哥哥直奔醫院。

父親與母親分居近五年才真正辦理離婚，主因是母親不肯簽字，她獨自留在那個住滿雜物的屋子，直到所有人都離去。

母親曾在一家國營企業當職員，父親是個銀行行員，他們結婚第五年就在台北市貸款買了一間四樓公寓，三十二坪，一大主臥，兩小臥房，小儲藏室，前後陽台，客廳不大，但飯廳廚房具備，是相當合適一家四口居住的公寓。在房價尚未飛馳飆高的年代，那已是交通便利、環境清幽的住處。母親的工作是處理公家的帳務，父親的工作也是金錢與數字，可以想見他們倆約會（如果真有這回事），除了去看電影，或許就是討論各種報表數字的處理方式吧（反之也可能絕口不提）。但我有記憶以來，少見父親母親談話。父親豪奢，母親儉吝，父親愛名利，母親愛財物，父親工作沉迷在與他身分不甚相稱的高爾夫球娛樂，設法打進所謂上流社會。母親不打扮不梳妝，鎮日起會跟會，到處撿拾回收物品，年紀輕輕卻身形腫胖。她惜物愛物近乎怪癖，收藏的都是些一般人眼中的破爛玩意。結婚時看來很匹配的夫妻，不到十年已形同末路。

起初是一些小東西：十條一百的毛巾，一雙二十的布鞋，丟在路邊的檯燈，扔在社區垃圾間的籐椅，到後來演變成垃圾場撿回的「回收物」。「這是做環保你們懂嗎？」母親見什麼都要撿，「整理一下還很好用啊」，她對於「好好的東西就扔掉」這種事完全不能接受，那麼花錢去買又怎麼說？父親問她，「買那麼多毛巾幹麼？」她說，「這麼便宜，可以送人啊」，父親臉色一沉罵道：「又不是在辦喪事！」便忿忿轉身離去。母親全然沒有禁忌，她撿回的物品裡甚至還有一張半毀的紅眠床，是同事鄉下過世的姑婆最後斷氣之處，母親當寶貝似的請工人扛上來，父親不准她搬進屋，於是長期堆在樓梯間，惹得鄰居抗議連連。

母親的戀物習癖從何而來，背後有何成因？全都是謎。大約國中時期，只見她經常晚歸，回家後總是筋疲力竭，使她疲勞的，是因爲她還在外頭兼差，幫一家小公司處理會計事務。吸走她精力的，是因流連在各處垃圾場撿拾回收家具，到各處二手市場購買各種「物超所值的廉價品」。她像拾荒婦人那樣用腳踏車，用手推車，用拖的拉的提的掛的，如吹笛人身後引發鼠群跟隨。

公寓就這麼日積月累，成了垃圾屋。

先離開的人是父親，理直氣壯，毫不留情，看待母親的眼神像看一個瘋女人，「這種家誰受得了」，他說。隱忍多年的父親說出了實情，但我感覺背後的因果關係不然，但父親走了，哥哥也藉故離開，雜物代替他們進駐每一個房間。母親以主臥室有壁癌爲由，住進了哥哥房間，最後，連那間房也失守，母親將我的房間改成上下鋪，搬進來跟我住，一年後，我也搬走了。

那些年歲唐突慌亂彷若幻影，多年過去我仍不解母親的作爲。幾年前我曾一度因爲抑鬱症就醫，突然想起母親可能患有某種精神疾病，才會在明知將導致家庭破裂的狀況下，執意做出那些荒謬的決定，然而，即使如此，我也無法親近她，無能改變家庭崩壞的局面。衆人離家後，只有我還會定期與她見面，母親將退休金一次提領，投入股市與房地產。金融危機那年，母親手中股票基金大跌，她損失慘重，更有理由退縮到雜物的世界。

我在考上大學後搬走，哥哥於世界各地浪蕩中途身負卡債地回家了，所有故事重複顚倒，換成哥哥與母親睡上下鋪，有兩三年時間，我每次回去看他們，那滿坑滿谷的物品似乎仍不斷增加，屋裡臭不可聞，待上一分鐘都會發狂。

強悍的，怪異的，我行我素，將自己驅逐到孤獨荒野的母親，終於倒下了。

母親在醫院住了一個月，左半身幾乎癱瘓，起初請了看護，她總是嫌貴，最後是宮廟的人來將她接走，在他們自設的安養處靜養。兩個多月過去，她逐漸復原，目前已經能拿助行器歪斜行走，但卻一直無法說話，只發出咿咿啊啊的怪聲。

我每週日去看她，會帶一盒雜菜粥與許多水果，結清各項開銷，這是母親不知情的，她總以爲宮廟的人無償地照顧她。我把飯盒打開，一口一口餵她吃，是兒時母親常做給我們吃的雜菜粥，相當美味。我不但擅長清潔打掃，也練就一些家常菜，母親像孩子一樣要哄騙才願意進食，我不知道自己爲何對她生出這些耐心，畢竟，她還生龍活虎時，可說是個糟透了的母親。

或許是因爲母親不會再嘮叨我了吧。中風前的她，每次與我聯絡，若不是催促著要我相親，便是要幫我介紹工作，或者在我回家時塞給我幾大袋廉價衛生紙與保健藥丸，她總是要我留下吃飯，但端上桌的飯菜卻讓人懷疑已經發餿，母親年輕時做得一手好菜，那些手藝也隨時光敗壞了。

雜菜粥，是母親最後的好手藝，那時她已逼近「做環保與收集垃圾」的境界，開始囤積食物，會把剩餘飯菜燉煮成粥，當時，我們仍覺得好吃，後來我想，那也可稱爲餿水飯吧，但母親愛吃這個，對於節儉成性的她，覺得吃這個才有福報。

咿咿呀呀的母親可能也還嘮叨，但我已經聽不懂了，她像孩子似的依賴，怕我生氣就不再來，神情顯得特別乖順，見她那樣總讓我尷尬。

餵飯、推輪椅、陪復健，看她歪歪扭扭筆跡寫下的交代事項，再陪她看會兒電視，拉拉扯扯直到她放開我的衣袖，我就離開了。

宮廟在市郊，得轉幾次車，回程我陷入一種口乾舌燥的狀態，車窗外道路顛簸，車況混亂，街景醜陋，各種工程交替彷彿永遠也無法完工。

塵沙漫天，使街道景物都蒙上薄淡灰影，我也像吃了大量塵土般，渴望一大壺冰涼的飲料。昨天安娜的臥房，她嘴唇的柔軟，以及她最後欲言又止的模樣，或許她希望我留下來過夜吧，我們將會在那個雜亂而充滿女人香氣的臥房，在狹窄單人床鋪上交纏嗎？我眞有勇氣卸下她的衣服、胸罩、內褲，將臉埋進她肥碩胸口，她柔潤腿間，我有能力使她快樂嗎？

突然間我彷彿心悸一般，胸腔漲滿痛楚，便以雙手按住胸口，調整呼吸。難道，那樣的感受，就是愛嗎？我不知道，車窗外的街道還像昔日一樣，我怎可能突然就戀愛了呢？

＊＊＊

這週我們都在清理林家老宅，四人全體出動，是很硬的案子。幾乎荒廢的老宅院，傳說是凶宅，接連有人離奇死亡，出發前麗麗塞給我們三人一人一護身符，老劉是老經驗八字硬出了名的鬼神不侵，小王才二十五歲，一副不信邪的樣子，我是因爲長期工作的麻痺無感，麗麗因爲愛錢，「有錢能使鬼推磨」是她的口頭禪。時不時她常帶來各種護身符給我們，公司的貨車後視鏡上掛了十來個護身符、壓轎金，連日本的御守也來加持。

到了門口，那是一棟占地寬廣的老屋，院內植有巨松。我想起來了，那是十年前的新聞事件，情殺案，前男友潛入追殺，砍死妙齡女孩與她哥哥，隨後自殺。當時是重大的社會新聞，引發諸多揣想，我會記得是因爲這棟宅院當時上了報紙頭條，庭院裡植有松樹，是棟非常靜美的屋子。那個凶宅就是我眼前這棟屋子。

這棟當地望族林家所有的老宅，是屋齡超過五十年的中西合璧建築，寬敞大院，巨木成林，二層樓建築，每一個房間都有露台與石柱，還有個三樓的小閣樓，紅磚與洗石子的外觀，有龍鳳等中國風雕刻，院子裡也有白色大理石的人物雕塑，一樓綠黑兩色磨石地，寬敞大廳垂下繁複的水晶吊燈，中骨西皮的混搭風格，每處都可見代價高昂的用心，但如今已變成雞皮鶴髮、髮禿齒搖的老婦人，隱身在荒煙蔓草中，變成年輕人口中的「鬼屋」。不知何時開始傳說屋裡有鬼，但傳言一起更添神祕色彩。據說二樓有白衣長髮的黑影整夜飄動，常有大膽的年輕人跑來探勘，打破了許多窗戶，偷走一些物品，又留下些垃圾，使屋裡變得凌亂。牆壁上有塗鴉、留言，院子裡還有烤肉用具，到處散落啤酒空罐。

熟悉的房仲業者找上我們來清理，待遇優厚，條件當然也怪異，說有客戶指名要這戶空屋，不在乎凶宅傳說。照理說這只需一般清潔人員把東西全部淨空即可，據說屋主希望將屋內所有可用的物品全數理清奉還，但他們又不願踏進此屋內，於是得由我們來動手。我已經見怪不怪了。

第一天先清掃院子，分辨什麼是原屋主留下，什麼是參觀者帶來的垃圾。小王與老劉不斷把大件的物品載走，可見的垃圾先清空，我與麗麗戴著口罩帽子穿著長袖長褲，全副武裝進入宅院。

連著幾天夜裡回家出乎意料地疲憊，這不是我清理過最難纏的屋子，但其中有著什麼，像一團執念，或某種糾纏不去的東西，我不願名之爲鬼魅，但確實有那樣夾纏著精神與意念的存在，使得我們的工作彷彿陷入一個徒勞的漩渦。老宅院當初似乎是住戶連夜倉皇離開，所有家具、生活用品，甚至連院子裡的機車腳踏車、盆景，都沒有拿走。櫥櫃裡有已近風化的食品、歪倒的杯盤，衣櫥裡折疊整齊的衣物向一旁傾倒，太強烈的生活氣息使人不安，因爲裡面沒有活的氣味，卻也沒有死透，彷佛一息尚存，正在等待什麼時機復活。

這屋子，像活死人。

使我想起我們家的公寓，一直也瀰漫著瀕死者的氣息，那氣息長年不散，以至於使人麻痺。母親廉價買回或撿回的那些老東西，攜帶潮濕的霉味，混雜人體的氣味，與某種正在「逐漸腐朽」以及「難以腐朽」的拉扯，總有某些細細碎碎的粉末掉落，或許是白蟻、蠹蟲，或物品本身的風化，伸手一抹，就像抹去了時間本身的蛻皮。

接吻後第二次約會，我與安娜相約在I牌家居，安娜想要買個衣櫥，要我陪同。我們推著車子，在賣場裡一區一區逛過，安娜很興奮，那些布置精巧的僞居所，每一間她都好愛，每張沙發她都要試坐，連床鋪也不顧形象地躺下。她撫摸那些質材廉價造型簡約的家具，猶如撫摸奇異珍寶。賣場裡多是情侶，男女、男男、女女，年輕人居多，她挽著我的手，彷彿我們也是情侶。

她使我想起我的初戀，也是個肉感女孩，我們是高中同學，同進同出，在同住的宿舍夜裡她會溜來跟我擠小床，生疏莽撞地摸索對方身體，但一回到白日裡，我們又若無其事地變爲尋常好友。畢業後她不再與我來往，我才深刻感覺自己對她是一種愛意，那樣的愛使我意識到自己的愛欲對象是女性。初戀女孩結婚時寄給我一張喜帖，婚紗照裡的她長高變瘦，我幾乎認不得了。

許多年過去，我已經不再懷念初戀的女孩，有幾次機會與女性交往，卻都不了了之，我不再傷心，也不再動心，確切地說我不曾跟誰再有親密的交往，因爲經營公司的部落格我才偶然接觸交友網站，但也僅止於網路上的談話，安娜是我第一個親近的女孩。

安娜，鄉下女孩，舉止聲調都還帶有淳樸土氣，但我卻喜歡她的一切。她曾訴說自己的過去，男友女友都交往，每段都情傷，「我是爛人吸鐵」，她苦笑著說，無論男女，誰也不愛惜她。但這天，我們在明亮的賣場裡小夫妻小情侶般信步走過，即使什麼也不買，也被這虛幻的幸福氣息感染，我們牽著手，就像即將爲新屋布置的新人，那時我當眞覺得，我可以跟她成家，我願意一生照顧她。

我沉溺在自己的胡思亂想裡，微笑看安娜快樂閒晃，一對父子從眼前走過，頓時周遭氣氛凍結，連空氣味道都不同。那對父子無論穿著打扮甚至舉止，都不像這賣場裡會出現的：父親穿著有油漆或什麼染料沾汙已經褪色的舊襯衫，西裝褲走樣，腳踩塑膠皮涼鞋，那孩子七八歲模樣，瘦小而黝黑，一雙大眼睛，但身上的童裝也跟父親一樣破舊，腳上穿著拖鞋，走路啪噠啪噠地響，父親背著一個塑膠水壺，孩子歡快地在各個展間跑跳，父親慈祥地緊跟著，孩子跳上跳下，聲音引人注目。他們與我們一樣都在享受這種虛擬居家的潔淨與安適，然而他們引發許多人側目。安娜突然抓住我的手，用力之深，指甲幾乎陷進我掌心。我們站定不動，看著父親制止孩子的躁動，看他們如何打開水壺，輪流喝水，看父親用袖子爲孩子抹乾嘴巴，看小男孩壓抑自己小心翼翼不發出聲音地試圖爬上那爲男生準備的房間，下頭是書桌，上面有架高的床鋪，那些他生命裡完全沒經歷過的「美好事物」，他們的快樂使這個虛擬氣氛變得虛妄，好似連這樣的快樂也不許他們擁有。父親似乎察覺周遭人們異樣的眼神，把男孩拉了下來。

安娜突然說：「我累了，我們走吧！」

那晚我們上床了。我以爲安娜會對我說出她在鄉下想必清苦的生活或孤獨的少女時期，坎坷的情路，但她只是安靜地任我撥弄，她細細的呻吟彷彿哭聲一樣，我的動作生疏，卻掩飾不了激動，我想深入她，用盡各種方式，但我不要使她痛苦，我柔柔搖擺，使她忘情喊叫，我心愛的安娜，好像從來也不曾眞正地快樂。熱愛後，她虛弱把頭倚靠我的胸口，輕聲說，「一定不要欺負我噢」，便甜甜睡去。

她的長髮披散，背脊到腰的線條如白色山陵，那人們稱爲贅肉之處，都像藏有祕密，夜燈的微亮牽引著她身軀起伏，她身體瓷白，膚肉如凝脂，使我指尖戰慄。均勻的鼻息，頭顱的熱重，她依附著我，沉入眠夢，我胸口的重量那麼實在，使我淚流滿面。

＊＊＊

接下來的日子，我改造了她的小雅房，安娜反而常到我的住處過夜，她似乎不覺得工寮簡陋，還與大家相處和睦。林家老宅的案子拖得比想像中更久，超過兩星期都無法完工，中途小王跌斷腿，老劉家的狗過世，麗麗則是被前夫找上了，衆人衰運纏身，只有我沉浸在戀愛的喜悅中。夜裡回家，安娜會爲大家準備便當，早上，則有熱騰騰的早點，她甚至幫大家把衣服洗淨晾曬。不善家務的安娜，在這個工寮，卻負起了主婦的責任。傍晚時間，我們疲憊地從貨車上把自己卸下，各色衣褲在竹竿上一一展開，暮色裡，像一列風旗。

終於好運也吹向我了嗎？

我們依然繼續清掃林宅，完工那日，遇見白髮老人。老人光著腳從神桌旁充作儲存金紙的隔間跳出來，一頭長而亂的白髮，打赤膊，穿睡褲，連老劉這樣臨危不亂的大男人都嚇得喊出聲來。那是傍晚，我們工作已近尾聲，天光漸暗，但我知道那是人不是鬼，戀愛中的人是鬼神不侵的。

眾人尖叫，老頭也加入喊叫，直到大家都恢復鎮定，老頭一副可憐兮兮的模樣，全身髒汙，瘦可見骨，我大膽走過去拉他，「阿伯，」我喊，「你哪會佇遮？」老頭野獸式的神情像是聽不懂人話，他伸手指向老劉手中的香菸，遞給他後，他深吸幾口，又嚷著「喙焦」。

我暗示麗麗出去買水跟食物，我與老劉把他帶上貨車，不知該帶他去派出所，還是帶去什麼安置遊民的地方。老頭吃了便利商店的飯糰、汽水、熱狗、茶葉蛋，又喝了一罐牛奶，總算開口說話：「若拆煞，就載我倒轉去。」總算解謎，老頭是林家二子，我們進駐開始他就來監督，怕我們偷走家中物品，他其實神智清楚，只是放棄作爲正常人的一切。老伯的話都像密語，必須解密，他沒說這麼多，是我自己拼湊所得。我們把他帶去了仲介公司，等待家人來領走，我總算見到老宅的主人林老先生，比老人更老的正常人，一臉嚴肅，方頭大耳，身材壯碩，拎起老頭像拎小雞，對我們點頭道謝過後離開了。

我想，白髮老人就是那個鬼吧，但屋內寃魂不散卻是眞的，我問王先生，接手的人不怕嗎？他說，不怕，是個宗教團體來開道場，鎭得住。

那爲什麼屋主要把東西要回去，重新開始不是更好嗎？我又問。

「要回去是要燒掉的啊！」他說，林先生的妻子兩個月前病逝，臨終前囑咐把家屋賣掉，物品要回，全燒了，一切乾淨，重頭開始，因爲當年逃過一劫的小兒子被送到美國，如今成家立業，將帶著妻小返回台北啦。

「燒了乾淨，大家都好」，王先生說，送上酬勞與紅包，「辛苦你們啦！」他笑笑說。

那夜，接到母親病危消息。

母親一生神鬼不忌，晚年才沉迷道教，我總覺得在父親離去後，她徹底地走進了歪斜的世界，誰也喊不回來。記得高中時，母親什麼都不願丟棄，連用過的保力龍碗也要洗淨收藏，紙袋、空瓶、碗盤、塑膠袋，她像個拾荒婦人那樣，讓家裡雜物堆累成山。她如常上班，外觀舉止也都得宜，但返回家來，總拎著幾包物品。她對同事謊稱要行善，請大家捐贈物資，就把那些旁人不要的玩具、嬰兒車、舊衣褲、泡麵、餅乾、百貨公司贈品、電鍋電扇微波爐鬆餅機，一日一日移山倒海似的運回家來。起初她把物品分門別類堆置在櫥櫃裡，後來發現空間不夠，便索性讓它們蔓延開來，屋裡日漸瀰漫一股難以形容的氣味。有個詞叫做「壁癌」，我們家則是得了「物癌」，各式雜物大大小小以一種無法理解的方式從櫥櫃中滿逸而出，然後悄悄地，像藤蔓，像黑影，像怪物，一點一點將三十幾坪大的屋子占據了。

我一直都在偷偷打掃，悄悄地，把什麼東西拿去丟掉。分類，整理，收納，在當時是不可能的，我唯一能做的，只有把發黴的食物扔掉，把物品與物品之間僅餘的走道盡可能地清掃，將那些我拖得動的東西，破舊的檯燈、奇怪的相簿、霉爛籐椅，在深夜裡，為防止母親發現又撿回來，拖拉著那些物品走過一條又一條街，甚至騎著摩托車跨過市郊，運送到回收站。那些深夜裡，我的舉動看來，必然也像個拾荒老婦。

深夜的醫院裡，父親沒有到場，我猜他恨透了母親，但不知母親是否恨他。父親走後，我對父親無愛無恨，律師幾度送來離婚協議，母親總是退回，最後一次母親為何同意簽字？據說是因為對方已經生下孩子。母親得到堆滿雜物的公寓，父親得到自由，我與哥哥，各得到二十萬台幣的存款。

凌晨，哥哥也趕來了，還帶著一個金髮辣妹，我不知是什麼原因引發母親二度中風，廟方人員說，母親一直在修改遺囑，無法確定哪一個才是最後版本，我們只能在加護病房外等候短暫的探訪。開刀後的她顯得瘦小，仍處於昏迷，隨時都有危險，病床邊的小收音機反覆播放大悲咒，我們在醫院的家屬休息區，廟裡的張阿姨拿出兩份遺囑，內容大同小異，不動產的部分母親留給我，現金留給哥哥，另有一筆儲蓄保險，受益人也是哥哥。

清早我們去看她，她動也不動，神情像在安睡，我去揉她的手，掌心還是溫的，我一次次喊她媽媽，感覺她眼皮動了動。我想起相處的最後幾年，我不再喊她媽，我們幾乎不再對話，她睡在下鋪，我在上頭看書，母親徹夜輾轉反覆，有時走出房間，又在客廳裡翻找，彷彿要身處在那些雜物之中，她才感到安心，年輕的我無法理解，只覺得憤怒。醫院裡哥哥神情相當悲傷，母親從來都寵溺他，任他予取予求，他們是共生又互斥的關係，而我永遠是局外人。過往我只認為哥哥是個任性自私的人，病床前，卻看見他作爲長子的一面，他一手握著母親，一手握著我，說「都照媽的安排，媽媽請安心，我們不會搶奪財產」。我奇怪母親爲何將老屋留給我，老屋値錢，即使裡面都是廢物。我又想，她知道哥哥會把屋子敗掉，而我不會，但她確知我是怎樣的人嗎？這是一種託付嗎？

第三天早上八點，母親氣絕。

神情沒有悲憤掙扎，我覺得她走得平靜，或許也是我的自我安慰。

我終於眞正聞到死亡的氣味。初死之人，還帶有活的氣息，活著是吃喝拉撒，並不噴香，有種生活的濁臭，輕微淡薄的氣味殘餘，或許與這人生前的重量有關。母親曾擁有她能力所及最大量的物品，死卻讓她連衣服都不是自己的。我還不明白死是何義，或許，死亡讓母親從物的包袱裡解脫了。原來過去我在屋子裡聞嗅到的，不是瀕死或漸死的腐朽，而是她生命的沉重。

＊＊＊

我們四人花了另一個星期來整理我家舊公寓，過程裡我有時出神，站著也能瞌睡，他們得將我喊醒。

這些年來我所認眞執行的工作，彷彿像是爲了這次而進行的演習，閉上眼我也能認出哪些東西該丟該扔，我們像開挖一座礦脈，要掘開這些層疊隱藏，才能抵達母親的核心。過去我一直以爲雜亂無章的累積物，或許有著母親的道理。父母新婚時，住在親戚家外加蓋的小屋，家徒四壁，牆上掛著他們簡陋的合照，父親起誓要發達，終於在那片老屋改建後買了公寓。那時他們恩愛，我才剛出生，母親家貧，自幼生活在匱乏的年代，她想要擁有所有一切家的構成，即使過剩亦無妨，我想，這個垃圾場，是母親的博物館，可惜我們沒能從中領略到她所欲透露的祕密。她生前我無能理解，死後我也無力保管，依照慣例，該清該賣，該丟該給，塵歸塵，土歸土，全都一筆結算。我留下客廳的舊櫥櫃、籐沙發、飯廳的餐桌椅，都是童年屋子尚未毀壞前最初的家具，我們剛「成家」的舊物。母親後來的收藏我唯獨留下那張上下鋪，仍保留在年少時的房間。

我問安娜要不要搬來跟我住，我說我愛她，她在電話那頭泣不成聲，「準備好了跟我說一聲，我就去接你」，我說。她只是一逕地啼哭。

掛上電話，我在老舊籐沙發沉坐許久，安靜屋裡，有一種奇異的香味，是發散自屋裡的檜木家具與櫸木地板，陽光斜照，茶几玻璃透透的，光束裡塵埃歡快飛揚，陰影在牆上落下形狀，人影一般，我感覺母親陰魂不散，那使我覺著安慰。

我看見死亡的顏色

死是沉默的允諾，死是永遠的保證，她擁有我，我擁有她，
這是在那天就寫好的事。

登上一座老舊的無電梯公寓三樓，樓梯間陰暗雜亂，每層樓對向兩間屋，我們前往右手邊那間，單薄紅漆鐵門推開，木門發出唧呀扣合不準的聲響，無陽台或玄關，僅在入門處散亂放置幾雙拖鞋，牆邊開放組合鞋櫃整齊擺放八雙鞋子，有尺寸過大的男性皮鞋、球鞋，女性低跟鞋、涼鞋（我頭一次意識到母親的腳是如此之小，如她的存在單薄近乎無跡），事發多日後屋裡仍舊瀰漫強烈化學藥物與嘔吐物混雜的氣味，客廳地板與茶几上的什物凌亂，物品散落，像是有人匆忙打亂，或火速提取了什麼，或者對於生活散漫以致無暇顧及整潔或美觀。但我隨即想到可能當日母親服藥後因強烈痛苦而掙扎，電話求救後救護人員趕至，臨時施行的急救措施，導致現場如此不堪。此景況更讓我感受到母親服食農藥之後身體心靈承受的巨大痛苦。我在母親的姊妹淘君君阿姨陪同下進入那屋。外公死後，母親除我以外再無其他親人，生前與母親同住的男人，母親的現任男友何叔叔，我在醫院見過兩次。高大安靜的男人，一直默守在加護病房的家屬等候區，但因爲無親屬關係，只獲允進入探望兩次。後來君君阿姨對我說，何叔叔多次向母親求婚，但母親總爲自己離婚且負債的身分自卑，不肯答應。何叔叔對於沒能及時阻止母親自殺，悲痛難抑，母親選擇在他上班時間自殺，卻又算準他回家後會看到，搶救不及，卻不至讓屍體腐爛，表示母親信任他，卻又不到可以爲他放棄尋死。母親沒想到那日何叔叔中途回家拿文件，發現了服藥不久的她緊急送醫，她經歷了二十四小時痛苦不堪的急救。

「你想帶走什麼都可以。」君君阿姨說，母親後事全由父親這邊辦理，地點在母親的故鄉。我懷疑母親還有什麼所謂的故鄉嗎？她一人無親無故，最後葬與外公同一靈骨塔。

母親的房間，唯有此處仍有香氣，潔淨的床鋪，死亡未曾到訪。我躺臥於她的床褥，聞嗅她的被單、枕頭，我打開她衣櫥，整齊吊掛的服飾似乎已經處理過，或她眞的只擁有如此少的服裝。我逐一取下，五件上衣，三件洋裝，長褲數條，外套幾件，貼身衣物我沒帶走，以母親的潔癖（我還記得，母親是典型處女座），即使親近如我，也不願讓我來碰觸她的褻衣。

我在狹窄臥室內盤桓，焦躁如狗，我渴盼取走所有母親的遺物，以永久保留她的形跡，但我自己在父親的家中連一個獨處的房間都無，要將母親的物品保留於何處？我與君君阿姨商量，大件物品存放於她家，我只帶走相簿、枕頭、幾件衣物，與母親的手錶和首飾。

漫長的記憶重建工程開始了。

母親死前，已經離我很遠，或，是我遠離她了。自她與父親離婚，我們每個月至少見面一次，國中後次數漸減，只剩年節時陪她外公葬處掃墓。我到外地讀高中，每週回父親家，讀書、打球、戀愛，總有更重要、更快樂（是啊，與母親見面後來已經成爲不快樂的選項）的事使我分心，又或者我藉由這些來逃避對母親的愧疚。每次見她，她更憔悴、憂鬱、失意，與我年輕正燦爛的生命形成強烈對比，且我已從最初對小媽的抗拒，慢慢放棄對抗，消極進入她與我父親打造的「衣著光鮮、充滿物質」的和樂之家。

母親的死是對我的抗議嗎？抗議先是父親遺棄了她，而後我也加入遺棄的行列。

或者，那不是抗議，而是最後的反撲，唯一的武器是她的肉身，她在我心中消失的速度正在加快，她要奮力一搏使時間停在一個不可迴轉、無法抹滅、無能改動之處。

何者促成她的自死，我不知道答案。

母親無疑深愛著我，在她個人所有爲數不多的物品中，有大量關於我的、孩童時代的衣裳，小學的作業、書包、制服，國中寄給她的卡片，距離最近的是我高一在她生日時寄給她的卡片，而那離她去世時也有兩年了。相簿裡的時間早已靜止，不知是她離開我父親家後就不曾再拍照，或照片已被她銷毀（照理說，該銷毀的不是她與我父親那段嗎？畢竟是父親背棄了她，還令她難堪地被家族趕走），兩大本相簿都是我出生後的照片，有我的嬰兒照，母親抱著我，父親抱著我，或我們三人在某個類似遊樂園的地方，也有母親在家裡診所的照片，她穿著護士服，白皙的臉略帶愁容，憂鬱美麗。母親有兩張獨照，二十多歲的她，眉宇有英氣，深深眼眸卻又帶著女子的柔情，我臉上幾乎沒有與她相似之處，我長得就像父親，太像了。即使我是個女孩，嬰兒時期也酷似父親兒時，祖父母因此特別寵愛我（加上我是長孫，以及日後失去母親的身世），母親是否也因爲這張酷似父親的臉，而將所有情感投注在我身上？我依稀記得童年時，在小浴室洗澡，母親蹲跪在地，用杓子、海綿，仰著頭爲還是小孩的我洗澡。爲何我記得她眼神裡的依戀？她欲言又止的神情，那時父親已經長期不在家了。

整理遺物是個漫長而痛苦的過程，何況她才以慘烈的方式死去，小媽請來的法師要爲母親超渡，需要母親的衣物，整個喪禮期間法師來來去去，誦經助念、作法祈福、繁雜儀式還嫌不夠，七七四十九天，有種種需要撫靈超渡的程序。母親死後，原本已經信奉道教的我們家族，整個瘋狂陷入「亟需各種靈魂救贖」的狀態，「自殺者會下地獄，」小媽說，「我們要幫你媽媽多做功德。」她說話時總有一種「靈媒」的神情，當初她即以一張美豔小巧的臉，又有個巫者般的預言能力，以及我猜想，各種男人（或就專門爲我父親而訂製）無法抗拒的魅力（性、妖嬈、撒嬌、政治）擄獲了我父親，甚至讓她得以扶正，正式進入我家族。我不知那整個過程有多複雜，母親是在何種羞辱底下離家而去？我不知細節。處女座的母親做事一絲不苟，自小爲軍人的外祖父單親養大，更形塑她硬頸、固執、潔癖，我猜想父親愛過母親，母親的美貌與矜持使浪蕩的父親著迷，娶回家後卻爲她的固執與倨傲苦惱，身爲小鎮耆老、延續其父親志業開設診所的祖父疼愛我母親，父親便大剌剌地離家浪蕩，而與小媽有了「我妹妹」。那年我三歲，母親的肚皮一直不見長大，或她也不讓父親碰她了。

以祖父的固執，在鎮上的名望，家族遠傳的美德，要如何驅趕一個已經有了五歲長孫的賢良媳婦？等到小媽帶回了眞正的「長孫」，無論我多麼酷似我父親，我畢竟不是男兒，小弟出生後，一切都翻盤了。

離開母親公寓，傍晚時分，我搭乘家中司機的車從市區返回小鎮。母親經常也是這樣的路途，自己搭公車轉火車到鎮上接我，計程車已經在門外等待，經濟拮据的她，總是帶我搭乘計程車離開，回程時也全程以計程車送我回家，彷彿，要在那樣的交通工具裡她才有辦法靠近我們家。但她從不下車，只是安靜地坐在車子裡，目不斜視，家人也沒有過來與她言語交談，一切靜默彷彿無聲影片。小學時我很期待這每個月一次的會面，母親搭車離開時，我總是流著淚追車，母親也會不斷將頭探出車窗對我揮手，但國中後我不再追車了，安靜的小鎮不適合如此張揚的愛。母親工作忙碌，變成我搭車去看她，到了她家，我也都只是在客廳看電視，母親家裡甚至連第四台也沒裝，週六週日她也得加班，即使她會刻意帶我上館子，很多獨處時刻，她都在說教，要我出人頭地。

細節我都忘了，好像我自己的記憶也都停在母親未離家前，好似那個離婚後的女人已經不是我喜愛的母親，她變成一個愈來愈陰鬱、悲傷、沮喪的女人。母親離婚後交往一男友，卻因資助那個男子做生意，背上了一百萬的卡債。而與男人分手那年，外公去世了。

屬於我的生之時光從離開母親住處那天下午開始停擺，時間不斷回返，雙面時間其一的我過著繼續成長的十七歲、十八歲、十九、二十，大學畢業，進入職場，在一段又一段戀愛裡尋找依戀；另一面的我，知道每個戀愛的女人都不可能是母親，談再多戀愛也無法挽回錯誤。我內在時鐘愈活愈倒退，要縮減與她分開的時光，退回與她共處的童年，每一天倒退一天，過去與現在重疊，我不再是我，我是母親與我的共生體。

我幾乎是在她死後才開始一樁一件回憶起她渴望我記住的一切（是這樣嗎？或只是我企圖減輕自己的悔罪與內疚），但記憶如此脆弱，在記起的同時又不斷地喪失，時間與空間在我身上製造出迴旋，我成為被時間折疊、死與生中間的存在。

最初，我只能記起一些小事。在母親去世前的那幾天，所有細碎的光影、語言、動作、神情，是否暗示著她將自死，但我卻沒有看懂？小事帶領著更微小的事，但都是我不忍也不敢碰觸的記憶。我用紙筆記下所有一切。我愈是回憶，愈是書寫，文字與紀錄便將我帶領進我從未發現的新的歧路。我記起曾在母親住處看過精神科藥袋，內有藍藍白白幾種藥丸，我見過她睡前摸摸索索喝水吃藥，半夜醒來發現她於浴室哭泣，那些如暗影的記憶被藏進我不願承認的角落，雙向迴路將我愈拉愈遠。母親愛我，母親恨我，我愛母親，我棄她而去，我有錯，我沒錯。死亡裁決了一切，定格在我的負棄。

我將母親的相簿逐一翻拍在手機裡，有空就反覆瀏覽。回到獨自的住處，我更要實際撫摸那些已經泛黃老舊的相片，那逐日變得模糊的身影。記憶一直在破損，照片依然清晰，但我快要忘記眞正的她了。

與安初識的時候，她劈頭就對我說：「你身後跟著一個藍色的靈。」

那是公司派我參加的進修營隊，我已二十六歲，母親離開十年整。十六歲到二十六歲，是段漫長的時間，卻又短暫得不夠回顧所有發生。關於母親的紀錄已塞滿三大本筆記，我確定自己可以針對此事無盡地書寫，比如某一個母親帶我去廟裡拜拜的下午，那天的雲彩光影有數百種姿態，母親這樣或那樣說話，內容可以自行衍生。比如我在心儀的女子身上，認出唇邊笑紋或輕輕皺眉相似於母親習慣的小動作，又在女人哭泣時驚恐於母親生前未對我當面流出的眼淚。

母親死後我才栩栩如生地活了，沒有死亡在一旁陪侍，我不知如何度日。

「誰也無法贏過一個死者。」愛我的女人抱怨，好像不是她們主動要離開我的。

當時旁邊還有其他學員，安也沒有再進一步深入這話題，但我心中已差不多有底，午休時在餐廳裡她又跟上來跟我一起坐。父親英俊風流，神似他的我深得女性喜愛。

「如果在安靜一點的地方，可以看得更清楚，連狀態、時間都看得到。目前只看到高而單薄，胸口是黑色的，雙手摀著頸子，我想不是上吊就是吃藥。」安說。

我怒視她，她怎敢這樣提起好像她什麼都知道？但我在她眼中看見的卻是無比的溫柔與哀憫。

「我父親死於上吊，屍體是我發現的。但在他死前我就看得見靈了，父親身後的靈是車禍死去的祖母。」

安提起了母親的自死，我沒駁斥沒反抗，只是呆楞聽她說話，她說我母親在生死交界飄盪，無法轉世，亦不能投胎，「你必須愛她，用愛拯救她」。我震驚無語，除了親近家人，我身邊無人知道母親眞正死因，鄰居親戚都只知「母親死於急症」，有些人甚至根本不知母親死了。對家族的人而言，離異那天，母親已經不屬於這家族，「被取消了」，扶正的小媽取代了她全部的地位，爲避免尷尬，大家幾乎絕口不提及母親，無論是她的生或她的死，猶如我根本沒有親生母親，或者說，小媽就是我的生母。母親的自死，我連與父親都沒討論過，生平第一個與我討論的，卻是素昧平生的人。

在訓練中心那幾天，我與安吃住都一起，母親的話題使我們相親近，第二天晚上我進了安的房間。

我與安性交的時候，她說母親也在一旁看著，安赤裸的身體發著螢光，在癲狂時發出囈語，我想會不會是母親來附身了。我輕撫她受創的喉嚨、胸腔、腸胃，愛撫她被巴拉松強烈藥性侵蝕的全身，死前的二十四小時，她處在極度的痛苦裡，我忘不了她那扭曲的臉，她插滿管子、呼吸器的身體，她的每一個受創反應都在這十年裡於我體內反覆重演。

與安的愛情，混雜了對母親的追憶，悼亡、牽魂、通靈，與她的相處愈久，愈感到母親對我的纏繞與綑綁可能有機會解開，我不知是愛安或者需要她，我們分秒相依。

我既畏懼談到母親的死，又總刻意提及她的死，彷若能再一次提及她的死亡，即表示我又再一次地銘記了她，反之亦然。在每個不能說明她死因，甚至當他人指稱我小媽「太年輕了，像姊妹不像母女」時，家人哼哈敷衍帶過，我與他人猶似再一次褻瀆了她的生命。我對安滔滔敍述，比起單向地筆記書寫，面對安，我感覺有機會進入幽冥，與母親對話。

以母親自死爲界，我進入了生死交錯的陰陽交界，安的出現，可能是穿越死與生界線的鑰匙。「我知道這些年你受苦了。」與我相擁的安開口說話，發出的卻是母親的聲音，我驚駭又狂喜。十年來我不曾夢見母親與我說話，夢中的她永遠都是模糊的身影，只是像照片一樣平面的形象，每次都不言不語，很快地像雲霧散去。但此時，安的臉與母親重疊，活生生的安的嘴裡吐出母親的聲音，我嚎啕大哭，「對不起，對不起，我對不起你。」我企圖說話卻發出父親的聲音，正在交合的我們彷彿只是容器，承擔著跨越時空與生死這兩人必須的重逢。

如電流般通過我身體的，是一種無法解讀的訊息，使我瞬間蒼老了許多，讓我擔憂我也正在瀕死邊緣。只一瞬間，安的眼神重新聚焦，我來不及聽到更多他們的和解或繼續的疏遠，性愛過後的安猶如起乩過後退駕，整個人軟癱在我懷裡，曾經使我戰慄的空洞感覺又再度出現。

「死就是一切都無法挽回」，有個聲音這麼說。安又變成了最尋常的女人，那些我愛過又離開的女人，每一次戀愛都是降靈會，即使親赴冥界也無法使我產生愛人的能力，我知道我永遠不會快樂了，我所有的愛都屬於逝去的母親。

我起身穿衣，離開安的房間。在黑暗的通道裡，我悄聲對亡母說話。其實無須通靈者，我也能夠與她對話，因爲我背負著她的死，已成注定。「母親，不用原諒我，我願意永遠爲你悼亡。」我知道愛夠之前，母親不會離開，甚至，母親若離開了，若我卸下了這個傷痛，我將無處容身，無以自處，在我生命中依舊是不言不語的她，死是沉默的允諾，死是永遠的保證，她擁有我，我擁有她，這是在那天就寫好的事。

天空之眼

他們沒有約定，也不說愛，但她知道他需要她，也知道即使自己離開，他仍會這麼固執孤獨地過下去，那是他對生命的抵抗。

她循著熟悉路線前往他的住處，從位於北城中心的出版社出發，步行五分鐘到公車站牌，搭一班公車至捷運站，藍線轉紅線，出得捷運站再步行十五分鐘。男人家住北城只有一橋之隔的衛星城市，名為新城，但看來一點不新，十五年前此處還是一片雜亂矮屋，地產商人規畫了一系列大樓與商店街，後來快速道路通車，愈見繁華。新城一帶盡是迷宮狀增生的道路，唯有沿著快速道路高架橋這一大路，沿路邊種起了森然大樓，一棟一棟，像參天的樹。男人居住這棟樓，外觀全是黑褐兩色井然交錯的玻璃帷幕，像插入雲端的玻璃尖塔。

女人在出版社做編輯，男人是知名翻譯人，他們因一本經典小說的重譯而相識，每週一次，女人於約定時間至此領取男人譯出的部分稿件，共度一個黃昏。電子郵件即可完成的工作，他們卻以人力完成，實體地見面，實體地在看不見鋼筋水泥的透明建物裡某一層樓，實體地交會。每當她來到一樓大廳，保全人員都會要她繳交身分證件登記，然後摁下對講機跟樓上的男人確認，B棟三十四樓之五，她熟記著這組數字，彷彿其中另有玄機。

男人的住屋如一透明長方盒，四周全是玻璃帷幕，小小的廚房與衛浴設施居中，將空間隔出臥房與客廳，落地窗簾是鐵灰布料捲軸，白日裡全部收起，入夜則全面垂下。女人來時，窗簾半遮，多是下午時刻，隔熱窗透進的光線溫和，恆溫的空調設施讓屋內冷熱得宜。

先喝茶。

初相識，男人由一位長輩陪同，女人與上司一道，四人在一間風格極簡的咖啡館裡討論工作，那屋裡的空氣與此處相似。女人後來知道，男人對於所有事物，大多是這樣的溫度。不冷不熱不多話的男人，屋內收拾得一塵不染，譯好的稿子幾乎不需再修改，精確得令人詫異。

繼續喝茶。

女人年方三十二，未婚，也是新城長大的孩子，她還與父母同住。在新城北邊早期開發無度而造就的羊腸巷弄裡，時常無端地冒出一條街，七拐八彎，戛然而止於人家門前，外地來客永遠弄不明白這些街道名稱何時開始，如何轉折，怎樣結束。女人與父母居住的便是這樣一棟四層樓房屋裡的四樓。女人大學畢業後國外浪蕩了幾年，弟兄們成年後都離家了，她突然收心回家。兄弟們的房間被雜物占滿，父母每天都抱怨爬樓梯腿疼。她繼續居住少女時代的房間，初返家時總不適應房間的窄仄，彷彿她離家後時間就靜止的房間，壁紙家具床單仍是粉粉碎花風格，顏色褪盡的粉色紗簾後狹窄得可憐的小窗對外，緊貼著鄰居家廚房，所謂窗景能見只有陽台鐵窗上晾曬的衣物，陽光也鮮少降落。街坊都熟，嘈雜又喧鬧，羊腸小徑迴盪市井聲音，鄰家成人與孩童發出不同等級的噪音，嘟嘟摩托車響、叮咚鋼琴練習曲、唰唰麻將搓牌、似吼似哭夫妻吵架、半吼半喊教訓小孩，生活裡的自然與不自然的聲響充斥住處周遭，經常要鬧到深夜才休止，「能不能安靜點」，女人常暗自咕噥，心想存夠了錢就要自己買個小套房搬出去。

男人的天空小屋，恍惚似的，空氣幾乎不見搖擺震盪，靜得連心跳都可以感知，靜得女人身體熱起來，好像被男人透過寧靜撫摸。

客廳喝茶，透明茶壺裡滾著水，日式茶盤、陶燒單柄壺、小罐裝茶葉每次不同，釉燒小杯子握在手裡質感溫潤，女人喝兩口茶，放下杯盞，男人就遞上稿子，沒有錯別字的打字稿整齊列印，十級字，傷眼，美麗，幾乎連字的間距、墨色淺淡，男人都刻意調整過了，印在白紙上的黑色字跡彷彿被人以手指一一抓住拉整熨平，規矩且無所遁逃。女人就像那些字，從第一次碰觸男人的目光，便墮入他的秩序。

稿子收進背包，女人靜默喝完茶，兩人不約而同起身，進臥房。

靜靜歡愛。

男人偶爾說話，簡述自己，說一星期一次百貨公司超市採買，即使住處附近就有市場，說寧願換車到遠處購物，除非必要絕不外食，花費長時間細心下廚，說把房子買在這裡是因爲高樓密閉，隔絕地面上聲息。學生往來都以傳眞或電子郵件，男人甚至連行動電話也不申請，附有傳眞功能的電話機收在櫥櫃裡，必要時才會拿出來接通。

電話只發不接。

男人話語突然停止，像簷下的雨終於落完。

無所謂快樂，無所謂悲傷，無有過去，無有將來，男人閉上眼睛，就把世界隔絕於外，時間靜止了。

「這樣的人爲何讓我進入他的屋子？」女人納悶地想，是爲了性吧！既而又開朗地想，無論多麼孤絕，他總也需要性，認清這一點並不使她難受，反而因爲感覺到男人的脆弱而心生溫暖。

所以是性。

一開始，女人對他充滿好奇，於是主動引誘。男人將赤裸的她一把抱起走進那近乎透明的房間，傍晚的霞光裡他逼視她的臉，猶如永遠也不會吻她般偏著臉激烈地占有她，汗水濕透了床單，濕糊了女人臉上的妝，最後，男人才親吻著她花糊的臉。像弄壞了玩具的男孩，用手指輕輕調正撫摸拼湊她的五官。他的吻，像從未吻過誰那樣，非常不確定。

各方面都給人異樣感的男人。

二十五坪公寓位於大樓邊間，大房大廳，三面採光，客廳面北城，男人說跨年時可以看見遠處巨獸般的大樓施放花火，像著火的塔柱，燃燒夜空。男人說他喜愛面山的房間，黑夜裡可見點點燈光在山間跳躍，「可能是鬼火」，男人促狹地說。「是山上的別墅吧。」女人毫不驚慌。「白天可看不到什麼人家，都是樹，以及隱沒在樹叢間破落的小廟。」男人即使經過歡愛也不顯露溫柔，反倒因爲親近了而刻意說著冷淡的話。

兩人偶然的話語滑過傍晚入夜，他們有時凝視著天光變化，更多時刻只是依靠著床頭板上的軟墊，視線正對窗景，遠山與山群之間繚繞的嵐，山頂上色彩斑斕的寺廟，偶爾飄過的雲霧，隨時間變換的窗景，他們不再言語了。

除卻男人與女人的動作，周遭均是如摁下靜音裝置的無聲，帶著機械感，不自然的安靜。有時女人會不自覺地清清喉嚨，設法增加一些噪音，有時男人會播放音樂，連音樂聲聽來都像被榨乾水分似的，乾、冷、靜。

這是戀愛嗎？女人的長髮撒向平整的床褥，才使得男人有了一絲混亂。女人在男人的秩序裡感受自己的狂野。她一直是散漫的，郊區裡野大的孩子，抽菸逃學把薪水花光買衣服與男友分分合合，喜愛談戀愛的女人，隨意痛苦快樂狂亂，最初也是她開始，幾乎是無意識地，像是一件必須完成的事，她爲男人卸下衣裳，看他的目光從精簡變成紊亂。

兩人份杯盞靜止在比膝蓋略低的茶几上，空調靜冷，音樂已停止播放，空氣裡有著衣物剛從烘乾機裡拿出，殘餘的低溫，化學性的香氣。

這大樓太靜了。

這不是戀愛嗎？女人的衣物撒脫在平整的床褥，男人一一爲她拾起，靜慢地收拾，那時夕陽落在高樓窗景的最遠方，天空全金，連綿的山巒像女人腰際上起伏的寒毛，男人說：「這是你，太陽要沉落了，我們只有一刻鐘的時間。」

男人將女人抱在懷裡，坐進窗邊的單人沙發，發出鴿子或禽鳥才有的鳴聲，非常細微，近乎耳語。女人她野，以嘶吼回應。幾百呎的高空上，接近天空某處，下方地面車流湧動，人群奔走，是晚飯時間，男人與女人將自己折彎成一幅靜畫，嗚嗚咽咽，呼呼喊喊，曖曖昧昧，任太陽西沉，直到夜色全黑。

＊＊＊

作品完成後他們最後一次見面，似乎找不到理由繼續，就斷了聯繫。

一年後女人聽說男人患病，做了手術。一獲知消息，女人就提著水果來訪。老地方，交證件，管理員竟然還記得她。

屋子更空了。

男人變得極瘦，寬敞襯衫底下飄飄只剩骨架，依然給女人泡茶。說是腦瘤，暴瘦，視力減退，頭痛難耐，忍耐過一陣，某夜激烈譫妄就自己叫車急診。「惡性腫瘤，」他說，「能清的清掉，不能清的放著，化療，電療，隨他們擺佈，未來就這樣了，等著它從裡面把我吃空。」女人問他要不要搬離這座高樓，男人搖頭說不，「療程已經結束，剩下的交給命運。」他說得像是平靜，也像激憤，女人也不知自己爲何提起搬家一事，其實她想說的是，「不如我們一起住」。

女人每天下班後都來訪，帶來少油少鹽合適男人的飯菜，一道吃晚餐，談談話。男人說，摘除腫瘤的腦子或許有了新變化，他開始寫小說。

「科幻小說。」他說，科幻兩個字在他口中變形，憎惡未來的人或許對於未來更有想像。

從來未婚，沒有親人，不願交友，住的房子像個透明箱子，女人還記得過去那些黃昏的性交，冰冷又溫暖。不想過去了，女人是實際的，她逐日拉雜帶來衣物，一天兩天三天，就住下了，冰箱逐漸堆積食物，小物小件任意堆放。她帶男人去逛市場，夜間小學操場健走，早上起床一杯精力湯，男人都不反抗。高樓依然靜，兩人嫌擠了，女人每天下班都想著男人可能今晚就會把她趕走，那她就要提議「不如我們住在一起，新城裡找個老公寓，要住去北城也可以，我會照顧你」。男人沒有開口要她走，倒是悄悄換了台大冰箱，給女人添了梳妝台，訂製的大櫥櫃清空一半，每天早晨桌上擺了菜錢與零用。

他們還是歡愛，虛弱的男人時常不舉，動作沒有以前凶猛，兩人像雙生樹那樣蜷起手腳交纏，都是撫摸拉扯。女人喜歡偶爾不舉的男人，他被病折騰得溫柔，懂得依賴，有了人性。

某日睡前，叨絮夜話，病後男人不自知依賴她，睡前也要與她說話到困乏。男人說白日裡寫的小說橋段，說：「未來是一輛慢吞吞的巴士，走走停停。」他聲音頓止，手指深進她的頭髮裡抓撓，又說：「時間愈走愈慢，所有事物都以看不見的速度倒退。」女人聽不懂，但喜歡他描述未來，因爲知道這些殘破的想像可以止住他的悲戚。「未來的未來，總有一日時間會突然靜止，不再動彈。」他眼神如夢，話語卻是肯定的。

小說用黑色鋼筆寫在四百格稿紙裡，每日增加，或減少，女人不去讀它，要他說給她聽。「你寫我了嗎？我會在那輛巴士上嗎？」女人知道自己口笨，但還是問了。「可能，把你寫作一個孤獨老婦，巴士上賣熟雞蛋，一只值得一碇金。」男人說。「所以未來食物缺乏？」女人又說。

「只是譬喻。」男人說。

自己去上班時，白日裡他都做些什麼呢？女人繼續編輯翻譯小說，在字與字的間隔裡，忖思著男人的境遇。快五十歲的人了，不老不小，生命靜止了，他們沒有約定，也不說愛，但她知道他需要她，也知道即使自己離開，他仍會這麼固執孤獨地過下去，那是他對生命的抵抗。他定期去醫院回診，準時服用大量藥物，其他時間呢？男人帶著素描簿到街上去，回來有時什麼也沒畫沒寫。從不曾寫小說的他，或許已經活在科幻裡，寫作只存在想像。她曾提議，出版社有本名家小說需要翻譯，男人搖頭說不。她偷瞧過他的存款簿，數字已降至五位數以下，但她倒是攢了許多錢，記下帳號，隨時可以匯進來。

時間幾乎是不可靠的，住進了他屋之後，女人覺得時光減縮，又變得冗長，好似他能撥弄時間，造出許多窗格，他可令時間突然增快，也可使之倒退，或許是因爲他不惜命，也或許是她太愛他了。

吃藥控制，定時檢測，但他依然清瘦，晚飯吃得遲，飯後還要去散步，他明顯體力不繼，夜裡仍要與她廝磨。「在你的髮間我能透視時光。」他說，她看他眼神如火，感到畏懼，但由他動作。「人們將住在摩天大樓底部，地下世界」、「都是像我們這樣臨死之人」，他說。她不禁悲傷想到這主意電影都演過了，怕是男人已經虛弱到缺乏對於未來的想像。

「許多巴士在廢墟裡巡走，直到最後一滴汽油燒乾。」男人繼續說，她還是喜歡這個巴士的隱喻，很有詩意。「賣礦泉水怎麼樣？」她問，不免還是要關心自己的角色。「或許，該讓你扮演最後的救主。」男人說。糟糕，又是老哏，女人似乎以男人的創意來推測他的病情。病後的男人變成絮絮叨叨的老人，天啊他曾經那麼冷漠，大家都怕他，誰也弄不清楚他的出身。男人長得一張俊臉，長手長腳，如果是一部電影，那應該由豐川悅司來主演。女人又想，跟現在的年輕人說，他們還記得豐川悅司嗎？

男人幾乎不下廚了，簡潔的廚房時常堆滿髒碗盤，冰箱都是剩菜與廚餘，他唯一會煮的東西是中藥，啞巴媳婦在流理台上呼嚕呼嚕滾，這次中醫看得久，但兩個月後他不再去了。

窗外遠山上都是電塔，面對他這扇窗就有十三座。「會不會是電磁波造成的影響？」女人問他，他笑說：「我可能很早就病了。白天夜裡常有幻覺。可能你也是我的幻覺。」

女人笑不出聲，因男人確實夜裡時常大聲說話，擾得她不敢深眠，「可能你也是我的幻覺」這話，使她驚覺自己深愛著這個壽命不長的男人。男人從不吐露他的過去，滿口都是未來，他描述小說裡以文字建造的那些房屋，地下十層，地上一百層，地下一年，地上已經歷瞬變。「我想父親也是死於腦癌。」男人突然冒出一語，難道也是譫妄之言？女人不敢打斷他，他繼續說：「父親死前幾年，一直被看作精神異常，他口中喃喃，突然大哭大叫，鎮靜時，又總是小聲說著胡話，」他苦笑說，「就像我現在這樣。」

男人把頭埋進女人胸前，他那麼寬大單薄，短髮覆蓋的頭顱看來如此正常，女人趴在他頭頂上靜靜流淚。「別哭，巴士的意象是父親告訴我的，那時鎮上剛開通小站，每天兩班公車經過，父親帶我上街去看公車，他說，公車會將他送進未來，他要我謹記，別哭，他將在路的盡頭等我」。

開始啼哭起來的是男人，他說父親一日搭上公車便不再回家了。「我在路的盡頭只找到一家警察局。」

有日早晨男人兩眼全盲，女人將他緊急送醫，癌細胞已擴散至視覺神經，幾乎占滿了全身，醫師抱歉說是最後了。女人在安寧病房日夜與他相伴，病榻旁，他安靜地接受注射，點滴輸送嗎啡延續生命。她翻開男人的手稿，企圖將之整理成冊，那個故事寫在未來，二〇三八年，起初仍有情節，但劇情全都是破碎的，半途之後，文字開始難以辨認，字句已接近謎語，男人的字愈寫愈大，後來的紙張，有幾頁大大地寫著女人的名字，寫下許多生活細節，像是提醒自己如何假裝仍有記憶，想必那時他已用殘存的視力勉強維持與她的生活。女人悲傷闔上紙稿，走向紗布蒙著眼的男人，溫柔地給他擦澡翻身。「我記得第一次見到你，」男人含糊不清地說，「就看見了將來。

「因爲我看見你一身素白地爲我擦身，而我已經死了。」

女人撫摸男人的手，拉開椅子坐下，她清清嗓子，像要唱歌似的，開口說話。「多年以後，高空更高，地底更深，人們可以上天下海，小男孩還記得當年父親帶他去等公車的那個下午，陽光燦爛，泥土路上擠滿了好奇的人潮。」女人修補了男人破碎的小說，把男人的手背吻了又吻，放在自己胸窩，她說：「我把你的故事說完前別死，因爲我會成爲故事裡的巴士司機，我會帶你到路的盡頭，巴士會把你父親載回來的」。

那個人的臉

所有生命裡的災厄，曾像烏雲，或者業障，將她逼上絕路，
又使她死而後生。

「今天下午我看見那個人了。」她說。

「誰？」他問。

她才想起自己未曾告訴過他那件事。

對啊，好久沒有記起了。那個人。那件事。

曾經，那個人的臉孔占據生命版圖很長時間，與其說作爲一張足以辨認的臉，倒不如說那是一張被描述出來的面孔，然而內容卻是空白的，時常因爲記憶的晃動而改變。對於那人，唯一可以確認的是「五公分左右的黑鬈髮，鵝黃色襯衫」，但這兩種都是可以輕易置換的。從事件之初，她所想到的先是如何安全逃離，接著是「一定要記住他的臉」，彷彿是過度集中心力就逐漸消散的霧，當時她對自己的記憶力並不像二十年後的現在這般沒有信心，是啊，她吃安眠藥已經二十年整了。

二十年，曾以爲會永誌不忘的事竟已經忘卻許久，她有一種奇怪的自咎感，然而印象如此模糊，除了當時爲幫助記憶而設計的那些形容，變成如標語般的具體存在。「腫而泡的雙眼」、「內雙眼皮，眼皮腫大」、「眼白偏黃，有血絲」、「鼻梁可說是挺直，也可說是在兩眼之間一項奇怪的隆起，鼻孔偏大，鼻翼顯得很硬，近距離可以看見鼻毛沒有經過修剪」、「皮膚粗糙，有青春痘的疤痕」、「眉毛雜亂」、「牙齒不整齊」。

這些描繪都非常空洞。

那是一張愈是深入追究細節，就愈難以對他人陳述的臉，既不凶惡，也不醜怪，當然稱不上英俊，更不可能是好看，就是那樣一張會融化於公車站，或便利商店、廣場或街頭，只要現場超過十個人，除了他那醒目的黑鬈髮與黃襯衫，就能將他與其他人搞混。她甚至懷疑他是因此才穿上黃色襯衫，目的是爲了讓她搞錯重點。

所以她才在整個過程裡拚命地想要記住他臉部的特徵，她像小學時代上自然課從顯微鏡裡觀察草履蟲那樣，將眼前所見的五官放大，又設法將它們縮小，在那粗略估算約二十分鐘的過程裡，她一直凝望著他在上方不遠處的臉。太近了，有時她眞希望能像鏡頭伸縮那樣，設法拉遠距離，讓自己可以有更全面的觀察。

牢牢記住。

曾經她是那麼迫切地想要對人描述，是那樣的黑鬈髮、黃襯衫、金魚眼、蒜頭鼻（這是後來才發展出來的詞彙），但這些字眼與她記憶中的那張臉又如此違和。在她記憶中已經特殊化的臉，變得難以用文字表達，因爲在她記憶的當下，都是以圖像儲存的，而她一直以爲她會有機會面對一個類似於「臉孔拼圖」的質詢，會有人將各式各樣的眉毛、嘴型、臉廓，在一個放大的圖紙上頭，透過一位專業的素描家，或者面部辨識專家的引導，一一確認比對，最後，那人的臉孔會像魔術一般，在那張白紙上再度重現。

好萊塢電影看太多。

「怎麼回事？」他問。戀愛三年，結婚五年，她從未對他提及那件事。怎麼可能？但，是眞的，她以爲必然重要到將她人生全部翻覆的那件事，那個人，以及其後發生的種種，經過二十年過去，已經被後來更多事件遮蓋。她忘了要對他描述，她竟然忘了。

然而那就像深埋於記憶某處，依然完整不動地存留在那兒的「時光膠囊」，在這個夜晚，在她與他隔著計程車窗差錯而過四個小時之後——這四個小時她做了什麼？沒有與那人相關的——當她終於試圖要將那件事對丈夫說出來時，她發現幾乎沒有那個必要了。

「怎麼回事？」丈夫追問，但又像只是隨口提起，「誰？」想知道，但不想說也可以。

她是嫁與了這樣一個丈夫，在那個二十三歲的午後不曾想像過的，平淡而疏遠的婚姻生活，無災無難的將來，四十歲的自己與那個二十三歲的女孩感覺不像是同一個人。

＊＊＊

那是個星期天的下午，凌晨才下班，睡到中午起床，簡單梳洗換了衣裳出門，騎摩托車去大學區吃過午飯，騎車回家，打開鐵門進屋想起錄影帶到期未還，已經打包好的一袋四捲錄影帶就放在書桌旁，想順手抓了就走。她把門敞著，大門到書桌幾步路而已，她連鞋子都沒脫，她提起袋子，聽見門砰的關上的聲音，回過神來，那個人已經在屋裡了。

無論多少次回想，她依然覺得那是個不可能發生的片刻，就像走進廚房突然變成在美國拉斯維加斯賭場，或者電梯門打開看到的卻是沙漠，不，是比那些都還要怪異的畫面。她聽見關門聲立刻回頭，黑色鬈髮黃色襯衫的男人就站在她眼前，距離大門只有兩步之遙，眞的，手伸長一點就可以碰到。那人擋著門，即使不擋，一道鐵門隔開所有。她爲何沒有放聲大叫，或許是詫異，驚呆了，或許只是單純的絕望感瞬間將她麻痺，那是一種奇怪的麻痺，癱瘓了所有思考，一方面還拚命想理清到底發生什麼，但現實感卻又無可避免地將她擊倒，她努力集中注意力設法透過那人的身體遙望大門。那人似乎發現了她的視線，不知從什麼地方拿出的報紙裡拉出一柄菜刀，是那種家常裡媽媽都會拿來剁肉的方形菜刀，男人、報紙與菜刀的出現都像魔術一樣，在她來不及辨認的腦袋裡，快速運轉著各種可能，同時努力辨別著，「這不是一場噩夢」，不能任由自己的情緒推拉，得清醒一點，「振作起來」，她幾乎發出這樣的警告聲。男人說話了：「叫也沒有用喔，大聲叫的話刀子立刻就會刺進你身體裡，非常痛喔。」不知哪裡學來的說話方式，故意顯得輕佻與幼稚，男人輕輕晃動那柄刀，日光燈照射下，刀身看起來並不特別銳利，那種家常的鈍重卻使人相信刺進身體的疼痛，如刀俎上的魚肉被家常地宰殺。她並沒有要放聲大叫的念頭，在這棟老舊的電梯大樓裡，從早到晚天井裡傳來各式各樣的聲響，尖叫或喘息，吼罵或哀嚎，就像大樓的電梯每次上下都會發出刺耳的嘰呱聲，但無論發出什麼聲音，都不會有人出來探看。

她很快認清了局勢，無有可能從男人身後闖過，打開鐵門，直奔門外，而另一面的鐵窗則是完全封死的，搬來時情人L就曾確認過鐵窗的逃生門的鎖頭已經卡死，更何況，打開鐵門難道往天井裡頭跳嗎？這裡可是五樓啊。

當初L完全反對她搬到這棟樓，「太危險了」，他說。當時想到的是竊盜、火警之類的，想到大樓裡龍蛇雜處，樓裡甚至可能就有應召站，L對於這一帶「風化區」的風評甚爲了解，但等他知道且親眼看見，押金租金都已經付了，她請了搬家公司把從大學附近租屋搬出的物品搬入這棟舊樓的五樓這間套房，原意也是爲了獨自生活，爲逃避與家人的衝突，結束與L無望的關係，或者說，企圖展開一種想像中的成人生活，找一份工作，一間租屋，從頭來過。

憑著一種執拗或衝動或者某種難以說明的天眞，她回到她童年居住過的這個區，她想像一種生活，是獨立自主，且在她掌握之中的。二十年前的租金就高達五千元的這屋，不過五坪大，裡間是彈簧床，床邊陽台被鐵窗封死，窗戶朝天井，白日裡也不明亮，只能靠著從高高天井頂端洩入的殘餘天光，望見四周皆把衣物往天井延伸出去的鐵杆子上掛，旗幡似的，晾曬出一種腐臭味。除了曬衣杆，還有突出的排風扇。不分日夜都有人在炒菜、打架、性交、處罰孩子、揍毆老婆。

單是這天井的氣味與畫面就該知道應該遠遠逃離這座樓，而不是傻傻地租下來。

她曾經探險般地從樓梯上下，經過四層樓的門廊，都是臭鞋的味道。有些樓梯被雜物堆得滿滿，得費力跨過小孩腳踏車、嬰兒車、破爛椅子、麻將桌之類的大型物品，跳躍式地穿過不知哪來這麼多鞋子，才能上到自己的樓。一層三間房，不知其他人的住處大小。她對門住了個胖子，長相猥瑣，曾她在入門前喊住她，與她招呼，說自己也是新搬來的，多多照應。那時她可曾感到恐懼？一種對於獨立生活的渴望與對L及父母的反叛強烈過恐懼，甚至是一種刻意要往危險裡走的衝動，似乎只爲了彰顯她還有選擇，她刻意選擇了這座樓。好像要宣告自己不再是小孩子了，她可以忍受痛苦。這種刻意的選擇。

錯了。

然而男人可是這棟樓的住戶？無從想像他到底是否隸屬於這棟該死的樓，或者他其實一路尾隨也不知跟了她多久？多遠？她想起停放摩托車的地方，是家豆漿店，隔壁，是麵包房，大樓就像電影裡的香港，大街上車水馬龍，一轉進巷弄就是蛇鼠之窩，小巷裡隨時會竄出拿著刀子專殺著誰的黑道人物。

這不是電影。這是眞的了。男人的刀柄發出老舊的光澤，依然構成威脅。

後來都是協商了。她甚至感覺到男人也是緊張的，鵝黃色襯衫是尼龍材質，不起皺，把他熱出一身汗。他說：「乖乖聽話，不會傷害你。」她問：「怎樣聽話？你想做什麼？」這般對答不是故意拖延時間，在二十年之後她回憶起來，仍感覺出自己那種因爲電影看太多而產生的戲劇性格，絲毫無法在這個密閉空間，與這個看似狡猾、卻又顯得執拗的男人，創造出什麼具有更佳效果的「脫逃計畫」，沒有用，她唯一能做的也只是順從並保護自己。

「我有一個要求，你要戴保險套，因爲我半年前流產，如果再懷孕的話會有危險。照做的話我會很乖。」她說。半年前確實做了流產手術，男人問她保險套在哪兒，她說放在書桌右邊抽屜，男人湊近書桌，還先好奇地拿起桌上的相框，裡頭放置著她與男友的照片。她嫌惡地望著他像捏起什麼似的拿起那個她寶貝的相框，卻又欣喜地發現他爲了拿穩相框，指紋都印在上頭了。

整個過程幾乎沒有太多疼痛，簡直像是一對交往多年已經沒有情趣的夫妻，例行公事般的性行爲，床鋪發出呀呀的叫聲，男人喉頭吞嚥口水的聲音，他的西裝褲褪到腳邊，蹭踢雙腿時會發出摩擦布料的聲音，保險套的橡膠氣味，「都是無用的線索」。男人離她太近了，使她的雙眼失焦，但她仍費力想要記住他的臉，因爲相距過近而被無限度放大的臉孔，變得不像眞人，而像是一片礪石磨搓過的硬地，凹凸不平。她得在這個距離設法把眼神望遠，回到他剛進門時說話動作的樣子，在大約十多分鐘的過程裡，她僅能反覆地用各種組合設法記憶這張臉，這個人，以及所有事情發生的「起始」，期待等會事件結束如果沒有被殺掉的話（但她很確定男人不會傷害她），她會將印著他的指紋的相框，裝有精液的保險套，以及擁有絕佳記憶力的自己，當作最佳的「犯罪現場證據」帶到警察局。

開始與結束都很快速，男人扣上皮帶的聲音，他還細心把襯衫紮好。她在等他穿衣服時，一直都是裸體的，好像希望可以連這個裸體也當作犯罪證據一般，分毫不動。男人行事並不謹愼，包括擦拭體液的衛生紙，與用過的保險套，都隨意扔在床頭。她凝望著這些證物，彷彿企圖以眼光將之凍結。

「爲什麼挑上我？」她問，儘管知道得到答案的機會微渺。

「我只能說，不要隨便得罪人。」男人留下一個意味深長的答案。

「事後」，她幾乎在男人離開房間，把房門緊緊關上之後，立刻就打電話給男友，在男友趕到後，前往最近的分局報案。這部分倒是跟她計畫的不同，她以爲會有警員（或者犯罪小組鑑識人員）開著警車前往她的住處，將整個房間拉起封鎖線徹底搜查。結果只是她用塑膠袋小心裝起相框、衛生紙與保險套，搭上男友的車到派出所報到。

如今回憶起來還感受到那天的羞辱與失望，員警若無其事地聽她鉅細靡遺地訴說過程（表情略顯不耐），做完筆錄，就請他們離開了。她才知道因爲她還能活著離開現場，還能親自將證物保管，使得這一切都像只是一場尋常的事件，沒有任何她想像中的描繪罪犯的「素描高手」，沒有比對指紋，沒有任何人在意那個人究竟長什麼樣子。

多年後這個夜晚，不，該說是下午，她在公車站牌時瞥見公車車窗後一張臉，確實就是那個人，就是她曾失心瘋般在大街上一張臉一張臉尋覓過去，無數次想著「如果有一天遇見他」的那個人。慢慢發展到後來，自己也納悶如果遇見他要做什麼。那件事在生命裡留下的痕跡，所謂的傷害、玷汙，或者更劇烈的什麼，都被生命裡更多更強大的事件覆蓋了，在她終於淡忘了那張臉的許久以後，那張臉如浮水印般在車窗後印出。

「到底發生什麼事？」丈夫問她，她才赫然想起，錯了，事隔二十年，男人不該還是那個長相，那張車窗後的臉，只是一張十分神似自己記憶中的「臉」，或圖騰，像是象徵一般的存在。

「爲什麼呢？」她喃喃自語。

事件的發生與結束，那個人闖進屋子裡，離開，這所謂足以改變生命的大事，追緝，認凶，以及之後的遺忘，她一直以爲都是因爲當時與已婚的男人交往，自己執拗地遠離家人與正常生活的代價。「不要隨便得罪人」，這句話的意思，必然是她得罪了誰，冒犯了誰，或者說，她就是以錯誤的方式戀愛與生活，才把自己搞得被逼上無可退出的險路。

如今她悠悠想到，猶如二十年後過著平靜生活的她當初所不能設想，幸福、災難、平靜與意外，這樣那樣敲擊過她的生命，使她疲於奔命，她赫然理解那人可能就只是埋伏在某個巷口，尾隨她上樓，誰知她竟然不關門就進屋，如此輕鬆得手。

「一切只是偶然。」她說，儘管丈夫不知道她說些什麼。所有生命裡的災厄，曾像烏雲，或者業障，將她逼上絕路，又使她死而後生。

那個人只是個「平凡人」，這件事只是個偶然，正如其他陸續來到生命裡的事件，如她降生於那個家庭，遭遇了L這個情人，她曾宿命地相信那種戀愛一生只有一次，願意爲之赴湯蹈火。而事件發生後，他們也曾在悲壯的心情下悲傷地度過一段「哀悼期」，她以爲自己會受到很大的損傷，可能再也無法戀愛、性交、信任男人，但實際上她仍繼續地談了許多錯誤的戀愛，直到生命的磨難將她磨成了一個懂得「趨吉避凶」的人，她在三十幾歲脫離了浪蕩的生活，跳上了婚姻最後一班列車。

是偶然嗎？或者，所有偶然事件組合成必然的遭遇。有段時間她對人的面孔執著，她腦中堆積了太多太多街面上收集來的，「各種人的臉」。因爲自己能準確描述那人的長相，卻無法辨認出他，她轉而在腦海中建立一座巨大的人臉搜尋機制，到後來終於在茫茫臉孔之海裡，遺失了那人眞確的長相。

而即使到了今日，她以爲遇見了他，也不過是久違了的幻影再次掠上心頭，她終於知道那件事不再影響她了，因爲所有她以爲的「必然」都被換成了「偶然」，某種耿耿於懷、無法卸下的重擔，就像被風吹斷的箏線，滑溜溜地隨風翻飛而走。

那張不曾兌現的「罪犯素描」，上頭可能的各種眉毛、鼻形、嘴唇、人中、鬍鬚、下巴線條，像畫滿音符的圖紙突然炸開成音樂，在她心中「崩」的一聲，完全散逸了。

我身上有你看了會害怕的東西

她一直在向危險靠近，而她追求的，卻是隱身其中的，召喚絕對不可能出現的，愛的可能。

Michelle進入聊天室。

深深深藍進入聊天室。刀劍哥哥進入聊天室。屌大人帥進入聊天室。

安安安安，你好，幾歲啊？

我住桃園單身三十六歲可以聊嗎？高重？

現約？愛愛可。有車。

安安美女，175/68，人帥有車。內湖現約。

安，可以買嗎？

密，訪客，板橋不錯看見：安，你一定很漂亮。

訪客櫻花吹雪對高級會員嬰兒肥不是我的錯說：只要男人做了對不起我的事，一定跟他分。

小辣椒登入聊天室。一夜溫柔進入聊天室。終極快感進入聊天室。

安安安安。

網路覓眞情，盡在尋夢園。

記憶清楚映現，那天，猶有寒意的春日傍晚，陽光逐漸收斂退入雲堆，晚霞斜照，景物曬成金黃，她於南下通勤電車墨綠色人造皮橫向兩排對看的長條座，車行顛簸，哐哐噹噹搖晃到中部。鄰座母子三人吃著台鐵便當，小姊弟搶排骨，嬰孩啼哭。車廂頂的日光燈因故障而明滅不定，於白日裡增添光影搖曳。窗玻璃外是傍晚的小鎮風光，軌道邊的防風林，一棟一棟模樣相似如連續圖畫的透天厝，毫無裝飾水泥外牆，頂樓晾曬的花色衣裳。鐵軌，鐵道，公路，無限延長。老婦人，水牛，腳踏車。她緊抓著包包，裡頭的手提電話發出叮咚響聲。「小娜還有幾站到達？我已經在火車站前，好想見到你。」簡訊一則。

陌生人在陌生的城鎮之火車站等待，後龍鎮，山線某站，聽站名或許是小巧的木造日式車站嗎？像荒廢小鎮僅有的一人車站，站長總是戴著白色帽子。她搖頭自嘲，亂想，又不是拍電影。她捏著車票彷彿捏著一張許可證，這是她見過的第幾個陌生人？數不清楚，她沒計數。可供辨認的是，如今進行的是與以往那種速食麵或快餐車即領即食、用過即丟的一夜情不同，她與這個自稱阿龍的男人已經透過網路與電話聊天多日，這是在網路上認識以來的第五天，才決定見面。五天，在這個朝生暮死的圈子裡算久，這是她進行夜間狩獵活動以來的第三階段了。第一階段是廣泛地學習，不免有錯誤的判斷。第二階段是大規模收集經驗，擴大受測人數。第三階段，不設目標，隨波逐流，全然隨興、隨性、隨幸，她發現比好奇更吸引人的是，可能，危險的可能，一夜浪漫的可能，打槍或被打槍的可能，還有另一種可能她沒設想，戀愛的可能。脫去前期的忐忑，中期的興奮，才三個月不到吧，已經進入老鳥的意興闌珊。阿龍說「我是要交女朋友的」，所以不急著見面。阿龍照三餐給她打電話，有沒有吃飽，天冷要穿衣，他們交換照片，講電話，她編造的身世就是同一版本，只是會隨著交談次數與時間長短而增添內容，這個她擅長，虛構是她的專長。

她處在一種僞造的戀愛狀態，阿龍只是她五天前在聊天室互動的網友之一，在一連串以衛生紙薄網撈魚似的瞎矇瞎撞過程裡，她自稱娜娜或小娜，年齡28身高156體重42，這數字使得與她聊天的男人都想進一步約見面，三十分鐘密集訊息互動，經過各種即興、直覺、習慣反應過篩後，餘下的幾位。阿龍的神祕數字則是年齡29身高170體重70，當時就顯得寡言的男子。「你覺得你自己長得好看嗎？」她祭出這張牌，當場過濾掉猶豫不決「呵呵你猜呢」、「見了面就知道啊」語焉不詳或誠實回答「不算特別帥」的幾個。阿龍說「看了不會讓你失望」，這種有自信的男人卻又沒有當場約見的衝動，甚至顯得分外拘謹，換到MSN聊時，阿龍秀了大頭照：高額，深眼，目光炯炯如炬，鷹勾鼻，小嘴，只是平凡證件照也看得出長相不俗，即使談吐有某種奇怪的僵硬，這張臉依然使她產生好奇。某一夜MSN聊天，阿龍說：「很想立刻開車上去找你。」「爲什麼不？」她問。「執照被扣，不能上高速。」阿龍回覆。「不乖喔，酒駕好危險！」娜娜傳訊。「我以前很壞，但是我以後不會了。」阿龍回覆。「眞的，我會改過。」語氣之認眞使人納悶。「你以前怎樣壞啊？」跟娜娜說。」她不知自己哪學來這種口吻，感覺像酒店小姐。「我很壞，做過很多壞事，但我現在都改了。」阿龍繼續懺悔。

如今她即將見到這個所謂的壞孩子阿龍，在這一陌生的中部小站，下車時才發覺車站雖小，下課下班的人潮擁擠，站前是熱鬧的市集。阿龍那張酷似港星不老天王劉某的臉，在人群裡醒目地佇立。

就是那晚，畢竟還是相約了，阿龍說：「但是小娜你要先有心理準備。」自稱娜娜的女人回答：「準備什麼？」

「我身上有你看了會害怕的東西。」阿龍打出這段話，不知爲何像詩。更像她刻在心上的獨語。這話語裡的孤寂與柔情打動了她，她想跟他見面，無論看到什麼，決心都不害怕。

「那是什麼？可以先給我看看嗎？」她一直想跟阿龍玩ＭＳＮ視訊，不如就叫他等會把衣服脫了，露出來看看。前三個月的練習中，有個男人始終沒露臉，自稱花蓮人，每次聊天，視訊螢幕上總是掛著他的大屌，總是堅硬勃起，那人曾用直尺親自丈量，二十一公分。網路上的娜娜在ＭＳＮ裡見過大大小小的陰莖，取代了男人的臉。

「見了面我會讓你看的，你要相信我。」阿龍的訊息。

等會就要見到了，那個她猜測可能是刺青、穿孔、打洞，甚或在陰莖入珠，或者幾樣都有。她興奮了起來，這種興奮可能與電影中諸多畫面的連結有關，也可能她就是易於興奮。

阿龍眞是阿龍，小平頭，白而窄的臉，高鼻深眼，結實精瘦，穿著業務員的白襯衫、黑西裝褲，皮鞋嶄新好像還會打腳，車子是全新的TOYOTA，她上車，新漆新皮椅的氣味，像剛出廠，或剛送洗，或兩者皆是。

阿龍將車子沿著山路開到半山腰的觀景庭，俗麗的水泥彩色八角涼亭可俯瞰小鎭夜景。「要吃烤肉嗎？」阿龍問，在涼亭的石桌上擺了兩罐綠茶、豆干、雞翅、蔥包肉、米血等烤肉串，於涼亭對坐。她沒吃晚餐，食物來得正好。這氣氛總讓她想起國中或高中的聯誼，甚至阿龍的神情也有一種少年不經事的氣息，但因眼神確實凶惡，令她想起年少時廟埕前的八家將。

阿龍自稱在銀行做信用卡推銷業務，他的穿著也像業務員，他們卻像兩個高中生在約會，清清純純地在山頂看夜景吃串燒，甚至連啤酒也沒喝。

「剛出來，不太習慣外面，也沒什麼朋友，小娜，我真的很珍惜你。」阿龍摟住了她的肩，還沒擁抱她，還沒。

她幾乎是帶著笑意完成這一段對話。「從哪裡出來啊？」明知道阿龍大概所指為何，她繼續扮演天真少女。「監獄。」阿龍嚴肅起來，「十四歲關到現在，進入幾次了，以後不會再關進去，我已經學乖了。」阿龍說，像是為了討好她的宣示，也像是真的想通了什麼的自嘲，「以前太愛錢了，人家叫我做什麼都去，賭場圍事，暴力討債，還有一些別的，都是為了錢。」他冷冷地說，彷彿那是一段他人的遭遇。

「我不會再那樣了。」阿龍將她扳過身來，低頭吻了她的嘴唇，只是嘴唇輕靠，輕啄，像是小娜這種乖女孩不能嚇壞。他又摟緊了她，兩人單薄的衣著，在寒風裡顫抖，彷彿激情燃燒前柴火的碰撞。

車子安靜滑進汽車旅館，都是這樣的，習慣或生疏，幾乎都是一樣的動作，只是沒料到後龍這樣的地方也會有汽車旅館，甚至嶄新而寬敞。他們走下車，上樓，一切順理成章。

這些事都發生過了，不止兩次，而是上百次，發生過上百次的事，會有大量相似與相異，而混雜成一團模糊難辨的記憶，在這個相似的行爲裡，這些那些，相同相異，邊邊角角，點點滴滴，像綻了線的毛衣，像未收邊的衣角，或起毛球的舊衣，摩擦著她的記憶，有更多記憶滲透出來。

回憶像毒藥，是慢慢地浸蝕，侵入。

阿龍洗完澡下半身圍著浴巾，上半身赤裸露出了他那不能示人的東西。是正面半身兩整片華麗的蟠龍刺青。我就知道，她幾乎大叫。豔麗的色澤，好漂亮，比她所見過的任何刺青都漂亮。

「是刺青！」她說，「刺青沒關係啊，我不怕。」白色床鋪，鄉下地方的汽車旅館，與城市裡的差不多，總是白色的床，寬大地擺放房內中央，像是要提醒人來此的目的，浴室的牆壁是透明玻璃，撩人情欲。

他們並肩躺下，娜娜身上還穿著無袖連身洋裝，白色小外套，長髮整齊，臉上有淡淡彩妝。「你好漂亮，」阿龍說，「比我想像還漂亮，我很久很久沒有女人了。」他說，聲音恍惚，彷彿正在回想著過去生命裡的女人。「在監獄太久了，是做信用卡的朋友教我上聊天室，說要多交朋友，然後就認識你了，眞幸運，他們說現在的女孩子很亂。」阿龍雙手環抱胸口，又張開，兩臂肌肉線條畢露，胸膛、腹部肌肉結實。「你有六塊肌。」娜娜說，沒有回應他女孩子很亂的話題，以阿龍的標準，娜娜就是最亂的那種女生。他絕對想不到，不到二十四小時之前，她才跟一個住在板橋的中年男人到烏來洗溫泉，那個男人酷愛被綑綁，帶了全套施虐道具在高級溫泉飯店裡，讓娜娜綑綁鞭打得哭爹喊娘，才滿意地勃起，順利地性交。打人好累，M才是享受的那個人，S根本是做苦工。但那些男人與娜娜不是跟阿龍這樣的關係。這是什麼關係？用阿龍的說法，叫做「談戀愛」。娜娜因這詞起了渾身的疙瘩。浪漫與感性冷冷的，刺刺的，像有什麼昆蟲爬上了她身體。

「是八塊。」阿龍說完掀開了浴巾。

「說說你的刺青，爲什麼兩邊不一樣顏色。」娜娜說，伸出手指放在靠近她這邊的刺青之上。她摸過刺青，十八歲的時候，差點就跟朋友去刺了，但母親說她有蟹足腫體質，刺青打洞都不行。她很遺憾阿龍說的那個不是入珠，目前爲止，她還沒見過入珠。

「左邊的是第一次入獄刺的，右邊這個是前兩年才刺的。比較早刺顏色就變淺了。」阿龍平淡敘說，年輕的手指放在那些圖案上，看得出肌膚微微地突起，色料彷彿雲彩覆蓋其上，無論是刺青的顏色、圖案或擁有者的肌膚，都顯現出一種奇妙的「張力」。「在監獄裡很努力健身，龍頭張嘴含住乳頭很漂亮吧，刺的時候痛死了。」阿龍故意皺了眉頭，「以後不進去了，夠了，以後都要做正常的工作，結婚，生小孩。」說這些時，阿龍把著她的腰。「好細。」他說，突然一旋身，跨到了娜娜身上。

接下來的事並不特殊，笨拙而生猛的親吻，雙手時而輕柔時而粗魯地搓揉，全身上下仔細地舔舐，阿龍舌頭停在她的陰部時，突然抬起頭，那雙著火的眼睛從她陰部張揚而起，像某種奇怪的外星生物。「我很喜歡你。」他說，然後像是品嘗什麼美食那樣，多年不曾地，品嘗著女陰，發出滿意的嘖嘖聲。

她一直在想這些是什麼，意謂著什麼，比如此時的快感，阿龍的舌技絕對比不上上週她才見過的，一個專門只幫女人口交的男人，非常奇怪的人，上班族，三十歲，聊天時就只說「冰火九重天」、「只舔不做」，在廉價旅館裡拿出三杯水，熱水、冷水與冰水，讓娜娜嘗到了所謂冰火九重天的滋味。從頭到尾，男人熟習地拿出防水鋪布墊在床上，像做實驗那樣地，專注於輪流用各種溫度的液體在口腔裡含住，於口交時徐徐灌入娜娜的陰道，過程裡那些或冰或溫或熱都強烈到幾乎無法忍受，使娜娜激狂地，哀求他與她性交。

阿龍從她下體鑽出，將身體抬高，襲上她身，沒有忘記戴保險套，將她的腿分開時，像必須下定決心那樣，而她已然濕透了。「我會對你好的。」阿龍說完，刺穿了她。

不痛。然身體像被分開的紅海，這是第幾次，多少回，被這樣陌生的陰莖穿過？那些深夜裡或白日裡因爲網路聊天而相識的男人，開著各種廠牌的車子，帶她到各種層級、地點、大小、排場的旅館，或笨拙、或熟悉、或多話、或沉默、或老練、或生疏，或有積習怪癖，或會拿錢給她，或相約再見面，或永遠不再相見。阿龍矯健的身體，在監獄裡操練多時，分外旺盛的體能，像永遠不會停下的機器那樣動作著，幾乎帶有一種機械感，讓快感延遲，像極遠極遠的浪花撲拍，絕不輕易到達。

是她遲鈍了嗎？是所有可能性都被開發殆盡了嗎？她在閃神思考過往時光的同時，瞥見阿龍胸膛兩尾色澤不同、方向相反的龍，均朝向乳頭的方向飛轉盤身，他規律地起伏身體，進出、穿刺、深入、淺出地運動著軀體時，胸膛冒著汗，身體因運動而發熱，龍身的七彩因體溫更加豔麗，他糾結的胸肌起伏，使得那雙龍像是有神那樣朝著身體下的娜娜飛越而來……

他完全可能在做愛之後立刻殺了她。她赫然想起這個。突然地到達了高潮。

阿龍發出忘情的呼喊，蟠龍騰空，乳頭上的獠牙像是張開了一般，汗水飛濺到她眼睛裡，融化了一切。

她好想哭，或者已經哭了，快感像一直隱藏在記憶深處終於被耐性給挖掘出來，那帶著傷害性的快感，不是想像中，也非過往經歷的，這些那些、令人眼花繚亂的性愛實驗，冒險，那近乎死亡，是要將人身體撕裂，把內在眞正隱藏的，一個巨大的傷口，剝開，再剝開，使其鮮血淋漓，使其疼痛難當，使其崩潰大哭，那樣的感受，讓你置身懸崖，終於決定縱身一跳。

她想她追逐的，不論化身成什麼，以何種形式展現，就是那雙龍突越起飛，汗水濺入雙眼，幾乎目盲、心神崩裂的時刻，而匍匐在她身上的，可能是任何人，有著刺青、穿孔、戴著頭套，手銬、手持長鞭，甚至身穿死神黑袍的人，她一直在向危險靠近，而她追求的，卻是隱身其中的，如阿龍正在做的那樣，召喚絕對不可能出現的，愛的可能。在她這樣的女人身上，愛情已被各種性交動作穿透、變身，愛情已經被太多實驗、冒險、逐獵，削減到變成只剩洞穴裡的枯骨，肉身全毀，她將應該寫在紙本上的故事烙印、刺透、著色在身上，潛伏著，變成阿龍口中所說的那個，你看了會害怕的東西。

歧路花園

傷害是愛的一部分，傷害是愛無能完成的必然損傷。
看不見的傷害無從痊癒，必須用虛構的方式得以進入撫摸。

天朗氣清，空氣潔淨得眼睛所見景物都顯出透亮色澤，小尹與一行朋友在某個像森林又像花園的空間裡穿行，草的綠、花的繽紛、樹的蓬勃、蟲魚鳥獸的聲響於周身繚繞，仰頭望去，樹與樹之間透出大片天空格外亮藍，白雲像浮貼上去的棉花似的團成各種形狀，一隻飛鳥掠過，像一個長長的逗號。小尹忍不住伸手撫摸前方，好像連空氣也變得有形能夠觸碰，朋友們卻沒有她這樣大驚小怪。所謂的朋友，是同樣身為小說家的畢路、藝術家判關、哲學家尼旺，到底是為了什麼目的而來到這個林中花園，小尹並不清楚，大夥各有目的、也像是隨興所致地散漫前進。小尹覺得安全，只要跟這幾個朋友在一起，在哪都可以安心。

行經某個拐彎時，在花叢間突然見了那個人。他是突然出現眼前的，像是凌空而降，當然，或許他本來就在那兒。

「那個人」三個字，對小尹猶如佛地魔，曾經是不可提及的存在，但也曾是她隱密思想中最常浮現的關鍵詞。那個人曾經籠罩她的生命如一片永遠盤據上空的雲朵，六年前她終於停止與他糾纏多年、分分合合、難以割捨、無從剪斷的關係，如今小尹有了穩定美好的婚姻，過著平靜和美的生活。所以是多年不見的舊情人狹路相逢嗎？但周遭景物總有說不出的怪異違和。姑且稱那個人爲「大叔」，當年戀愛的時候尚未流行這個詞，現在倒是有「大叔熱」了。

聽說只有瀕死的人才會突然產生記憶回溯的現象，但瞥見那個人的時候，小尹的記憶在瞬間就回溯了一次，前前後後八年的時光快速播放，大量的喜悅悲傷等待如水流沖過她的意識底層，激起層層波紋。她愛了他八年啊，一個女人有多少個八年可以荒廢呢？即使她不斷安慰自己，一段失敗的關係並不意謂著荒廢，即使過程裡朋友們總是罵她把整個青春都浪費在那個人身上，距離上次見面也有六年了。「事情不是那樣的。」小尹順著記憶的回溯忍不住呢喃著，她張著嘴要說什麼，大叔已經在她眼前了，她唯恐被看見牙齒或舌頭似的趕緊闔上嘴，大叔卻突然拉住她的手，「跟我來」，大叔說，彷彿他們並非六年未見，而是每日例行都在這個花園相會似的。

奇花異草處處，花園中心有盛開著荷花的遼闊池塘，沿著池間的小徑望去，可以看見遠遠一座尖頂的溫室，大叔領路，帶著他們前行。「我帶了一群學生在溫室做實驗，培育牛蛙與樹蛙。」大叔說話還是那麼老氣橫秋的語調，同行的老友畢路與小尹最知心，從大叔出現，畢路就知道小尹碰見「那個人」了，刻意地走到小尹身旁，技巧地護著她。小尹對大叔倒也沒什麼禁忌了，雖然突然見面心上難免一震，記憶回溯的過程彷彿又經歷了一次快樂悲傷，但她知道曾經對她造成挖心銼骨般的痛苦與影響力的那個人早已逸出她的生活，如今的大叔成爲一個偶遇的尋常老教授，像是老友好久不見，熱絡又客套地彼此寒暄。大叔熱情地爲他們介紹環境，那是間設備古舊幾乎荒廢的溫室，一群大學生拿著各種奇怪的道具，到處堆滿培養皿、燒杯、試管、顯微鏡，牆壁上掛著地圖，黑板塗滿了各種符號與數字的粉筆字。溫室四周的玻璃窗望出去是荷花池，這溫室幾乎是漂浮在湖面上的一間小屋，屋內空氣非常悶熱潮濕，並沒有看見什麼樹蛙牛蛙，除卻各個學生雙手操作著器材發出細微碰撞聲、呈現某種「什麼東西正要產生」的刺激氣息，氣氛倒像是讀書會之類的活動，學生都熱切地談話，對大叔與畢路小尹一行人相當尊重。

沒見到蛙類與任何實驗成果，畢路說這裡空氣太糟，還是出去吧，大叔領著他們繼續走，花園小徑蜿蜒歧出，卻走上了一道斜坡，坡頂不可思議地出現一片森林，林間密密地湧現山嵐、雲霧，空氣帶著透明的濕潤感，小尹感覺身體都變柔潤了。大叔來到她身邊，牽起她的手，沒往森林去，卻是走向了一旁小徑，路的盡頭，是一間寬大的木建築。

「我們去驛站。」大叔的措詞總是說不上哪裡怪，但本就是個怪人，怪語也是難免的，約莫是太久不見，已經遺忘他的孤怪正是當時吸引她的原因之一。

建築大門敞著，只以家具作爲區隔的大空間視線毫無阻攔，一樓是寬敞的客廳，廚房、工作室、展覽間，踏上會發出怪響的木製樓梯，小尹發現其他人都沒跟上來。二樓大概都是客房，沿途都沒碰上任何人，好像是大叔隨時想來都可以來的地方。他打開其中一個房間，自然地跨步走進，途中一直拉著她的手，她只好跟隨。

放下背包、脫下外套，大叔熟練地解開襯衫鈕釦，小尹突然想到，大叔該不會以爲他們要上床吧！多年前也總是這樣，他們分開、見面、再分開、又見面，每一次開始與結束，都是以性交作結。但那不是性交，那時她眞正是在做愛，緩慢而不激烈地，花費長時間黏貼著對方的身體，要想盡辦法才能把另一個人像自己的皮膚那樣剝下來。除了做愛沒有其他方式傳達。

那些相愛的時間忽然像固體一樣充塞了整個房間，初相識，小尹二十八歲，因爲一個寫作交換計畫到美國短居，在活動期間認識了當時在校客座四十五歲的大叔，兩個人狂熱地愛了起來。那時，小尹以爲往後人生就這樣了，她要與她愛的人到任何地方，他們構想一種可以遠離家鄉、在外地居遊的生活。「世界好廣大我還想帶你去好多地方。」大叔說，他們編織著美夢。當小尹寫作計畫結束，大叔突然宣布要離開美國，去新加坡，半年後就會到日本去。「那我呢？我是不是要回去把工作辭掉？」小尹問，大叔支吾其詞，她才發現自己根本不在他的計畫裡，這不過是一段假期戀愛，等到假期結束就該停止，可自己卻怎麼也停止不了。「我會回去看你啊！」大叔說。「那不一樣！」她說。「什麼地方不一樣？」他問，小尹知道那些諾言不過是因爲做愛後感性的戲言，是一種溫存後的副作用，或者，本來她在他的計畫裡，後來他決定不要了。

「爲什麼呢？我是在什麼過程裡弄錯了什麼所以他無法再靠近我了。」她反反覆覆檢視相處兩個半月裡的各種徵兆，卻發現所有過程只有吃喝玩樂，無止境性愛纏綿，那一直是她人生的寫照，自己就像個性愛機器，所有的愛情圖像裡，只有在床上時她才是被愛的，只有作爲一個性感寶貝，sugar baby，她才是有價值的，這樣的人，誰會將她當成終生伴侶呢？她腦子裡有什麼東西碎掉了。那段時間，或者該說爾後很長的時間裡，她的生活破碎得無法辨認。大叔來了又走，走了又來，每當她想要將他驅離生活，他就以更強烈的方式出現在她生命裡，每當她下定決心，不要再與他有任何肉體關係，他們之間就會出現更強的性張力。她記得一次，大叔終於從印度回到台北，他們關在飯店裡五天四夜，一步也沒有離開房間，她有好多好多的話想要對他說，她想要仔仔細細地問他：「到底出了什麼錯？我們之間還有沒有其他可能？」然而大叔日益沉默，當他們緊密相交時，內心卻可能上演著完全不同的劇情，當汗水、體液、呼喊充盈在飯店的房間裡，小尹感覺生命快要被折斷了，她望著他因激情而變形的臉，感覺到愛情的恐怖。

而後他們一年見上幾次面，在台灣各處的旅館，在亞洲幾個國家，他去開會時她就在飯店裡等待。世界好像塌陷了，這不是他們說過的一起在國外的居遊生活，飯店不是家。她知道他只想跟她約會，不想與她一起生活。

想到這裡小尹清醒了過來。「不行。我得走了。」小尹嚴正地說。怕大叔沒聽清楚似的強調：「這次不行，以後也不行。我已經結婚了。」

她想起自己目前的婚姻生活，平安靜好，正要邁入第四年，懷孕三個月了。對，是因爲這樣才跟好友相聚，前一晚大家歡喜爲她慶生，也慶祝孩子的來到（保密了三個月才說啊），面對大叔時想起肚子裡的孩子，懷孕的喜悅被悲傷的陰影覆蓋了，她記起與大叔糾糾纏纏的最後一個夏天，他們半年沒見了，小尹剛結束一個在曼谷的短期寫作計畫，人曬得好黑，活力充沛，一向孱弱的她，甚至學會了游泳，也準備好要跟一個男人交往，可以擺脫過去苦情的等待生涯。大叔來找她，她感覺有力氣跟他對抗，大叔看見曬得黝黑、變得開朗的她，彷彿重新又愛上了她，他爆發比第一次戀愛時更強烈的熱情再次追求她，她已經知道要拒絕，但你怎能拒絕自己心愛的人事物回到身邊呢？他們像度蜜月一樣去了新加坡、香港，大叔沒有如過去那樣消失不見，他們甚至計畫第二度一起回到美國，那曾經讓她心碎幾乎瘋狂的地方，好像要經過這個儀式把感情修補起來，就在那時她發現自己月經遲了兩週，她考慮了好久才決定告訴他，她永遠忘不了她問他：「可以把孩子生下來嗎？」他平靜地說：「你決定就好。」

美國之行取消，他們之間又恢復了那種隨時就會破滅的危機感，當她發現月經終於來了，她哭得肝腸寸斷，彷彿孩子曾經存在體內卻因他的冷漠而夭亡。

她知道她不能再見他了，她會死的。

天知道那需要多大的決心，或者那該是多麼絕望才能做出的決定，她記得最後一次見面，大叔帶她去吃飯，他送她回家，她並沒有邀他上樓去坐坐，而是獨自走進大樓門廳，將他擋在大門之外。她才上樓他隨即打電話來，說要帶她去澳門。「我最近很忙，以後再說吧！」小尹說出這段話時，心臟幾乎從嘴裡跳出來，她竟能夠拒絕他？大叔像是突然受到打擊不知如何是好，遲遲沒有說話，也不掛掉電話，他們在電話裡僵持、沉默了許久，好幾次小尹都想脫口說出：「好吧，帶我走。」但她忍住了。而後，他的來電她不再接聽，他發簡訊來，她不回，最後他寄來卡片，卡片裡夾著支票，「給你買機票，你隨時可以來」，大叔寫著，她捧著支票哭得唏哩嘩啦，以爲「你隨時可以來」意謂著「我們可以在一起」，眼淚擦乾，隨即她又理解那句話的意思代表的是「你隨時可以來，但你總也必須離開，我們不可能長時間在一起」。她久久凝望著那張彷彿記錄著他們愛情死亡過程的支票，望得眼睛發痛，她像戒斷一種毒癮般戒斷他，中間還做了一年多的心理治療。這些，他都不會知道。他們慢慢失去聯繫。慢到就像那段愛情是上輩子的事。

當年丈夫對她求婚時，她傻傻問他：「你眞的想要跟我一起生活？你覺得我可以過著一般人那樣的家庭生活？跟我在一起不會煩膩？」丈夫摸摸她的臉，彷彿她問了奇怪的問題：「爲什麼會煩膩？爲什麼不該一起生活？」剛結婚時，小尹是如何恐懼著丈夫可能在某一天突然就消失不見，他可能隨時會跟她說：「對不起，這不是我要的人生。」

當她發現自己懷孕，如遭雷擊，唯恐這是噩耗再次降臨，她沒敢告訴丈夫，心想著或許該是離婚的時候了。是他發現了驗孕棒，激動狂喜抱著她轉圈，又哭又笑像傻子一樣，她覺得這些反應都像是演電影一樣，那是別人的生活。那時她才驚覺大叔的遺毒未消，她還活在那些恐懼裡。

她花費了多少力氣才眞正理解她也可以過著與他人一起、緊密且親密的生活，她花費多少時間，才知道並不是每個人都會離她而去。她有時會被自己的眼淚驚醒，她得花時間一一觸摸才能確定所謂的家庭、先生、肚子裡的孩子，都是眞的。要消化大叔在她身上種下的毒，幾乎要了她的命。

她怎可能在這時候突然失心瘋地因爲一場偶遇又回到跟大叔那種糾葛的關係裡？

如今大叔朝她走過來，臉上帶著困惑的表情，小尹想起了他正在培育的樹蛙或牛蛙，說不定就像是現在的他。並不是醜，那是一種人類很少出現的表情，像是看不懂其他人，或覺得自己並未得到理解，因隔閡與無能表達所呈現的遲鈍。

「都結束了。」小尹說，正確說來已經結束六年了，不短的時間，他們從來沒有分開過這麼久。雖然從來也沒有誰說過要結束。小尹不去找他，他一再打電話小尹沒有接聽，就等於結束。

「那你爲什麼還來？」大叔問。

對啊爲什麼這是我無法回答的，這也是我正在追問的，這一切荒謬的感覺，錯誤的重逢，都不該發生在我的生活裡，可是我來了，你剛好在這裡，這並不是我的錯誤。

「我們離開吧，他們一定在找我們了。」小尹伸手想拿出手機，手機卻變成掀蓋式的小海豚手提電話，她終於理解一切的感覺怪異是因爲「他們正在夢境裡」，知道是夢但還醒不過來，也沒辦法讓其他人了解這是一場夢，所以接下來任何事都是不正常的，甚至沒有意義。只是醒不過來。

大叔扣上釦子，背上背包，打開房門彷彿鏡頭倒退播放，畢路突然出現在門口，他們兩人就像敵人似的互望著對方，僵持不動。

「你不要總是一副受害者的樣子，一直設法要讓我內疚，事實上你從來不知道自己對我造成什麼影響，只是自顧自地感覺到受傷，被遺棄，被傷害。」大叔語氣激動。

「確實是你傷害、遺棄了她，即使我沒有親眼所見我也知道，在那個陌生的國度裡，你把她遺忘在一間小屋裡，幾天幾夜不見人影，別說什麼你還沒準備好，說什麼你有親密恐懼症，你感覺她可能是你生命的負擔就立刻逃走，現在還有什麼資格在這裡大發議論。」畢路與他爭辯。

「事實是不是你想像的那樣，這是我與她之間的事，你不可能明白，不要介入。」

「事實是現在你們已經分開了，不要再把過去拿來說嘴，她現在很幸福，你別再靠近她，你會傷害她的。」

「如果已經過去了，爲什麼還要來找我？」

「沒有人要來找你，我們不知道你會在這裡。」

「從來都是想出現就出現，想離開就離開，你不知道你的出現與離開都會把我的生命弄得亂七八糟。」

「我們馬上就會離開。你別再說了。你，會，傷，害，她，的。」

「那我們來說說什麼是傷害，什麼是遺棄，什麼是愛，什麼是悲傷？你確定她知道嗎？你現在幫她發言這種舉動你以爲就是愛嗎？」

「都不要爭執了，這裡是夢，夢裡的爭執對現實沒有幫助。」小尹大喊。

「正因爲是夢，所以可以深入探究，你知道吧，眞實生活裡我一句重話都不曾對你說過，但你卻將我描述成糟糕透頂的人。」大叔喊著。

「那些都是小說。」小尹抗辯。

「你可以寫小說，我可以進入你的夢，這樣公平吧！」

「別忘了我也在夢這裡，不是你一個人說了算。」

「現在我們誰說了都不算，但我們還是賣力說著，因爲現實中有尚未解決的問題，需要到夢裡來尋找答案。」

「怎麼可能在夢裡找得到。」

「至少我可以說出我無法說出的話，不是你一個人自言自語。」

「我記得在墨西哥，在舊金山，在香港，在曼谷，你是那麼快樂，你不能否認我曾經帶給你快樂，但你從來不寫那些，你只是一次一次回到那些我離開的時刻，卻不知道我是非走不可。」大叔的語氣裡有小尹不曾聽過的哀愁。

「爲什麼非走不可？」小尹問。

「如果是我絕對不會拋棄她一個人走掉。你根本沒能力愛人。」畢路搶話。

「那是你不明白，跟她一起生活有多麼痛苦。」大叔抱著頭像是哀嚎。

「你這樣說太過分了。」畢路衝上前逼近大叔。

「她給的愛是無法具體落實在生活裡的，不是那種，那是會互相毀滅的愛，我跟她在一起頭腦沒辦法正常，每分鐘都在激情裡焚燒自己，你試試看每天都像發高燒那樣生活看看，不可能，什麼事也做不了，感覺自己都快燒光了。」大叔眼神毫不閃避地回應。

「自己沒辦法把持自己，還怪別人。」

「不是，我不是要指責她的不是，我在說明我對她的愛並非一般世俗的愛，我想要與她的不是一般男女之間的柴米油鹽，我們之間所擁有的親密是你無法理解的那種深刻，倘若變成尋常夫妻就太可惜了，你不懂的，我並沒有遺棄她，我只是還在設想要用什麼辦法具體落實這份愛，但是我太老了，我已經沒有能力去談一段長時間、近距離、粉身碎骨的愛，我沒有能力這樣去愛她，並不意謂著我就不愛她。你們弄錯了，我站在這裡，或你們出現在這裡，一定有意義，我不知道我們站在誰的夢裡，但可以確定的是，這不是我的夢，我是在夢裡也不會把自己說破的，我曾經爲她瘋狂，但我沒辦法爲她粉身碎骨。」

「又要推卸責任了嗎？她的小說，她的幻想，她的病，她的夢，一切都是她咎由自取。」

「你不要介入我跟她的事，你以爲你看得清楚，但你什麼也沒看見，除了我跟她，誰也沒看見。」

「不要再吵了！對，我曾經快樂，我曾經非常快樂，那就是我發瘋的原因，我知道我不會愛人，我的生命有很多問題，我知道寫出那些你看了會不舒服，但是現在我已經好多了，不要再繼續把那些往事翻出來，就不會有人繼續受傷，我沒辦法正確說明前因後果，事實就是兩個相愛的人無法繼續相愛，一個人說出來，另一個沒說。算是我對不起你，我以後也不會再說了。」

「你可以說，你可以寫，你可以作夢、可以告訴每一個朋友，但是請你理解我，請寫出你理解的我，而不是一次次透過誤解再把我推到更遠的地方，你以爲你寫在書裡我不會有感覺，但那些書寫改變了事實，所以我們被帶到這個地方了，你知道嗎？這裡，這些溫室、花園、木屋，以及更多被你建造出來的場景，統統都存在，你跟我還會一次一次去經歷，這是沒辦法的。」

「那時我必須寫出來，否則我沒辦法活下去。」

「你總是這麼說，就像你以爲我不愛你，我只是玩弄你，你眞的這樣以爲嗎？但你才是那個有力量破壞、創造、毀滅的人，正如你把我帶到了這裡，還有一個我根本不認識的人在一旁。他看著我們爭吵，看著我發怒，看著我好像還在繼續傷害你，他不知道，甚至連我現在說的話也不是我想說的，你知道在眞實裡，我是打死也不會說出一句傷害你的話。我不會開口爭辯，我只是個古怪的老頭。」

「可是我們走進夢裡了，這是我的夢，我知道，我夢裡總是會出現那些巨大的屋子，寬敞的花園，以及最後怎麼都無法撥通的電話。我感覺自己快要清醒了，所以你無須激動，你只要再忍耐一會，這一切在現實裡可能不過一分鐘，而且夢醒後只有我一個人會記得，請你不要再罵我了，我不想看見這樣的你。」

「你什麼都不想看見，除非那是你想要的，所以你從來沒看到眞實的我，你也不聽你不想聽的話，所以我的話語都被你更動，但是那些公路，那些草地上打鼓的黑人，那些被吃掉一頓又一頓的食物，漫長沒有盡頭的車程，我想要給你生活，但你看不見，你說我想要的只是性，但當我要給你別的東西，你看得見嗎？你能相信嗎？那些沒被書寫的，那些被置換的，那些被扭曲、被消滅的，那才是我們眞正擁有的。而不是這個破爛驛站與那個什麼都生不出來的溫室。」

「但這是我的夢，你說出的怎可能是你想說的。」

「或許我說的是你想要我說的，是你害怕聽到，又期盼聽到的，但至少我在說，透過我的身體我的聲音我的嘴說出口，我可以負責，儘管這個我也不是我。」

「然後呢？這一切有什麼意義？」

「那你爲何還要夢到我？」

「我只是希望你曾經愛過我，就像我愛你一樣，我沒有要傷害、搗亂、破壞你的平靜，並沒有，你是我生命裡可以依靠的港灣，我每次去投靠你你都接納我，我並不知道這些見面可能會影響到你，你看起來就像誰不可能影響你那樣。」

「因爲你只看得到你看到的，你看不到我看見的，你看不到你來去之間我這邊的影響，你也不在乎，到現在你還說你只希望我愛過你，但是我愛過你，你要聽的就是這一句吧，這是廢話，你花了那麼多時間痛苦，用了那麼多篇幅、才華來否認我們發生過的，你卻說你只是希望我愛過你，那是你希望的嗎？我到現在也愛著你啊！我從沒有愛過誰像愛你一樣，正如我知道你也是如此，這就是我們的悲劇。這個答案你想要嗎？事實上是你遺棄了我，你要投奔到所謂的正常生活裡，可是你並不知道，你的生命就是這樣運轉的，你遺棄了所有人，卻說自己被放逐。你還要我說愛你嗎。夠了嗎？這些話足夠你回到現實裡感覺好受點嗎？那眞實發生過的到底對你有沒有意義？那些花，那些海豹，那些你曾經討厭過喜愛過的公路旅館、連鎖餐廳、美式漢堡、墨西哥捲餅、舊金山大橋，你爲什麼不寫寫這些。」

「我希望你繼續愛我，大概是這樣吧，愛過，然後繼續愛著，以證明我確實有人愛，以證明我是有資格被愛的。」

「你都四十歲了，不要再裝幼稚了。你用腳趾就可以感受到誰愛你，誰不愛你，重點是，那些事對你有什麼意義，你還不是用自己的方式走到了這裡，你有能力創造，甚至把我們都裹挾到你的夢裡，誰又能奪走你的夢，改變你想要的夢的內容呢，到現在我們誰也沒有辦法清醒過來。」

「那爲什麼我還要持續夢到你？」

「你就是不放過我啊！你不想放過任何一個你愛過或愛過你的人，你像那些抓寶的人，把愛人都收集到你的背包，所以你變得那麼沉重，一點也沒有想要把記憶卸下來，沒有要放任何人離開。」

「我沒有，我不是都不跟你聯絡了嗎？」

「可是現在在這裡相遇，就是最好的證明。你從來沒走出來過，你還在等待什麼，找尋什麼，我沒有回答你，我始終不開口，因爲我不想傷害你。但你活在傷害的版本裡，我怎麼說你都會受到傷害。」

「我們不可能靠著這種爭執理清愛的傷害，因爲傷害是愛的一部分，傷害是愛無能完成的必然損傷，你感覺無辜，她覺得受辱，你們的眞實對不上，話語兜不在一起，你們記住的與遺忘的，書寫的與沉默的，都是同一回事，只是用不一樣的方式呈現，那是我們不能說破、即使說出來也沒有用的。我們都不是自己的主宰，在這裡，在外面，我們賣力說著想著編寫著的，是被寫好的劇本。」畢路擋在他們之間。

「你走開。不要用你的繁複華麗的詞語讓事情變得更嚴重。」大叔狂吼。

小尹感覺到夢正在裂開，而畢路與大叔仍你一言我一語進行更複雜的哲學辯論。她聽見貓叫聲，咪嗚，咪嗚，每天早晨五點半都會喊醒她，讓她起床上廁所以免膀胱發炎，而她會順道餵牠吃一點乾飼料，那隻從來都不讓人抱，不給摸，卻又依賴著她的，有自閉症的貓。即使肚子裡有孩子，小尹卻覺得這隻老貓的靈性足以穿透她複雜幽暗的心，有能力容納她那些破碎瘋狂錯亂的夢，足以在這個看似一切安穩的婚姻與家庭生活裡，在她身爲妻子與即將的母親身分之外，留給她一個「作夢者」的位置，她是在生命最破碎的時候撿到這隻貓，貓陪伴她度過那些離開大叔漫長的過程。

貓咪以被規訓過的生理時鐘準時叫醒她，但她卻醒不過來，畢路與大叔持續爭論著，她聽見大叔難得高聲的談話，從來也不曾出現過的激烈語調，那聲音、那些話語，完全不是她記憶裡的大叔，她聽得眼淚婆娑，這些都是她自己的大腦虛構的，是過一會就會被貓叫聲完全打破的夢境，是她清醒著時絕對不會聽到的對話。大叔不是大叔，畢路不是畢路，小尹也不是自己，這場夢被什麼力量叫喚出來，那些對話卻是她需要聽見的。聲音變得模糊，但大叔還在激烈抗辯著，他愈是抗辯，小尹愈感到平靜，那與事實相反的夢裡大叔絕不可能說出的話，或許才真正安慰了她心裡某處還沒有痊癒的痛苦，那是家庭、丈夫與孩子都安慰不了的，空缺的傷口。看不見的傷害無從痊癒，必須用虛構的方式得以進入撫摸。貓叫聲愈來愈清晰，她的眼淚已經不再流了，臉上乾淨一如睡前，她垂懸在夢境邊緣，心想待會可以移動身體，就能夠輕易碰觸到她真實生活裡的愛人，她肚腹裡微微的心跳，她擁有的都沒有失去，然後一切都會醒來，花園、溫室、木屋、牛蛙，什麼都不復存在，她要拚命記下那些只有夢境、可能也只有這一次，稍縱即逝的聲音，那些對話、誤解、爭論，那漸漸遠去的聲調，那其中隱藏著她渴望擁有的、她害怕面對或甚至是她幻化出來的。誰也不知道夢到底是誰製造的，透露的是預兆？事實？反面？或者只是一團無處可去、沒法消化的記憶體阻塞物需要歸檔整理。

噓，她不說破，即使到最後也不喊醒那些夢裡人，她要讓聲音漸小漸微直到不可能聽見，她會毫不反抗靜靜讓貓把她徹底喚醒，手指還依依地抓住那些聲音最後的痕跡，那裡誰說著的，即使最不愛最恨的最傷害的最痛苦的，也好過什麼都不說，什麼都沒回答。

飄蕩之歌

我們相信愛是一種疾病，無法抵抗，我們將命運交給隨時可能踏進我們的世界，將之掀翻、毀滅的人，但我不做這樣的人，我要做的僅是去愛，不計較個人榮辱、尊嚴。

院子裡有花，陽光從棚架攀藤植物葉片間灑下，圓木桌，長板凳，靠外牆那邊有個小小水池，池邊覆滿苔蘚，水中搖曳水草，新近有魚，是鄰家孩子拿來放生的大肚魚。右側牆角一棵高大的松樹多年前被移植過來，樹幹上掛著鹿角蕨，都長得枝繁葉茂。

「早餐做好了，有蘿蔔糕、土司、咖啡、紅茶跟豆漿。」有人喊著。四五個人就開始張羅杯盤碗筷，找位置坐下。

我拉出板凳，就見他們一前一後走出來。蕩哥端著咖啡壺跟豆漿，小苗托盤裡裝著滿滿一盤煎蘿蔔糕，烤好的土司疊得像小山一樣，旁邊是幾份堆高的荷包蛋。

院子裡飄散各種香氣。男人、女人、食物、花草，冬日裡的太陽，在中午十二點露臉，這時間吃早餐在工作室是正常的。

小苗坐我旁邊，蕩哥坐我對面，還有攝影師大東、美術系學生小丁、花花、人體模特兒依倫，這一頓早點大概會吃到下午三點鐘，中途說不定還會有誰加入。畫室有自己的時間感，蕩哥喜歡吃早點，即使傍晚六點也可以做早點吃，入境隨俗，時間彷彿融化在空間裡，人與人的界線也是，我猜想許多人來到這裡就是喜愛這份隨意不拘。

蕩哥眼神裡有憂悶，小苗的表情則看不出喜悲，大夥閒談，主要還是蕩哥說話。下午一點半我欠身說：「我們得走了，下午有課。」我與小苗得先走，她似乎鬆了一口氣，也好似有點惆悵，但或許這都是我的猜想。今日下午，我們要去挑婚紗。兩個月後我們即將結婚了。

昨晚大家都喝醉，東倒西歪在畫室打地鋪，木頭架高鋪上板子的客廳東側，平時讓學生習作、開會、或朋友們聚會清談，夜裡棉被一攤就成了容納得下十多人的大通鋪。這座爺爺遺下的老屋經過修整，還保留古味，屋裡卻是不像畫室也不像工作室，更像是一個舒適、開放、由人進出，不拘禮法、儀節、隨性所至之處。今晨我也在酒後與眾人一起倒臥而睡，醒來時小苗不在身旁，我心中那不安的預感又蠢蠢而動，起身後看見小苗在廚房跟蕩哥一起準備早餐。除了早餐，他們在廚房還做些什麼呢？我不願猜想，但猜想總是揮之不去。我等待著突跳的心情鎮定下來，正如過去的幾個月，我在等待連自己都不確定的事物到達，等待不知該不該發生的事件發生，我靜靜等待。我即將與小苗結婚，但我的心裡仍感覺等待是無止境的。

等些什麼？大好大壞，我祈求無論是什麼，都給我個痛快。

「故事是沒有開始也沒有結束的：你隨意選中一段經歷的某個時刻，從那兒追溯過去或瞻望未來。」這是我非常喜愛的一本小說的開頭，小說家擅長書寫嫉妒與猜疑，是細讀翻讀過無數次的小說，印在心版上的變成像是咒語一般的這段文字。故事是沒有開始也沒有結束的，但這是關於誰的故事？我是即將當新郎的人，但這似乎不是我的故事，我只像一個偷窺者，甚至是一個設陷阱的獵人，暗暗等待、窺視。

蕩哥將小苗抱上流理台，就在蘿蔔糕煎得表面金黃熟的短暫時間裡，熟練又快速地深入她，使她發出比尖叫更驚人的沉默，或許是第一次或許已經很多次，他們並未因爲時光短促而感到不滿，而是因爲這份短促就是他們的命運。

那畫面是夜裡猛然驚醒眼中殘留的最後印象，我知道是夢，是白日的想像翻印成的夢境，足以說明我並非不疑心、不擔憂，但我不只是這樣的人，夢無法顯示出全部的我。我額頭冒汗，全身打戰，四周荒荒的，小苗身體的溫熱還在，圓潤的手臂緊貼著我。房間裡半暗，白色窗簾透進淡淡的天光，凌晨三四點，我轉頭看她的睡臉靜靜，有著白日裡沒有的恬靜。小苗依偎在我身旁，這或許是最後一次了。

每一天，我總帶著末日的心情，眞不像是即將結婚的新人，可這份末日危機使我愛得更深，使我進入三十年生命從未有過的深淵，那既是快樂的極致，也是痛苦的絕境，我彷彿可以因此透澈看清生命裡所有經歷，看清我與他之間繁複的愛恨情仇。

本來，他們可能是一對戀人，將來是或不是，有或沒有，全取決於一念之間，踩煞車的人不會是蕩哥，那會是小苗嗎？或他們只是被禮教所縛，若有一日越過了防線，那定是兩人共同的決定。愛情是誰都阻止不了的，如果說這個愛情沒有具體發生，也只是他們對我的仁慈。

他可以是任何人，可他偏偏是我父親，她可能是任何身分，然她即將成爲我妻子，我的未婚之妻與生身父親正飽受曖昧之情所苦，深淵前的緊急煞車、恐將跨過最後防線，他們顧忌的可能不是我，但終究還是與我有關，一切變化我都看在眼中，看似偶然，卻充滿我刻意的斧鑿之痕，但我操弄這些事，卻又是出於不得已。然而距離婚禮還有兩個月，我隨時有機會按下暫停，取消、阻止，但我遲疑著，而或許讓這些事都發生，一切都不會再有變動了，才是我眞心想望。只有結局，才能停止變化。

父親年輕時是個美男子，即使如今已近六十，依然精壯，他的英俊不受歲月侵襲，甚至，時光爲他增添了幾分滄桑成熟，更顯熟男氣質，一生外遇不斷，卻苦於無法離婚，終於在五十歲那年母親主動與他仳離，此舉於他有如回春之藥，隨心所欲使他更有力量，他完全搬到畫室居住。畫室常出入、盤桓的除了助手、學徒、友朋，以及那些不定時更換的「模特兒」，總有人後來會成爲父親的情人。

小苗不是父親的模特兒，而是前來採訪的雜誌文藝記者。

父親的油畫風格頗有印象派之風，水墨更是大塊天地，他是自學成家，半路出師，在畫壇名氣不高，成就有限，與其作爲藝術家，他更接近「生活家」，其隨性、瀟灑、狂放不羈的生活方式吸引了一票浪人與文青跟隨，不斷擴建的畫室逐漸變成「公社」一般，那些學生、信徒、收藏家在畫室自由進出，高談闊論，自烹自食，屋裡幾乎總有人在喝酒、畫畫、唱歌，假日裡甚至會在門口擺起小小市集，舉辦小型畫展或手作藝品展售。而這些聚會，總會在父親的「情人」固定下來時，進入一段停歇，隨著父親情人身分的變遷，聚會的群眾也有所改變。

父親不是凡人，他是能脫離塵俗之苦的人，他所欲所想所作所爲都不如我們這些飽受道德禮教禁錮之人，常理或常識在他眼中如無物，可他也不狂悖喧鬧，大肆破壞，他只是安靜自由，閒適優雅，活他自己的道。父不父，子不子，兄弟不兄弟，老師不老師，什麼正常身分套在他身上都不合宜，父親的行事風格，都圍繞著他心中的美。我也喊父親蕩哥。比起作爲一個父親，他作爲我的朋友更加合適些，但只要我往他身邊一站，任何人都能一眼看出我與父親的神似。「你是好人版的蕩哥」，小苗一開始就這麼對我說。我是好人，所以我不會是蕩哥，父親身上拋卻的，都在我身上凝結，固執、負責、耐心、忍讓，以及癡情，這些是旁人對我的評價，都是父親沒有的「美德」。可我雖神似父親，甚至還比他高了五公分，這些所謂的「人性優點」就足以將我弄成一個山寨版的蕩哥，魅力全失。

什麼人會需要山寨版的蕩哥呢？是那些在父親身旁掙扎徘徊，或心碎離去的女子，我母親，或當初的小苗。

我初識小苗時，她是父親當時的情人兼經紀人李心夢的友人，因爲一次採訪而與父親相識，此後經常到畫室作客。心夢與父親交往兩年，爲對事業沒有太大野心的父親規畫許多展覽、安排採訪，積極的作爲也積極介入父親的「畫室生態」。不到半年時間，她成了第一個住進畫室的女人，一向隨性的父親生活也逐漸變得忙碌而緊湊，以往幾乎每天聚會的朋友四散，父親相當鬱悶。今年夏天，心夢為了安排父親在大陸的第一次展覽，去了一趟北京。那個星期，畫室有如狂歡節，所有朋友們幾乎約好了似的密集聚會，大夥時常在客廳窩睡，大冷天裡，我也與當時正因失戀所苦的小苗合蓋過一張棉被。

事發在心夢回台後，歡鬧的氣氛未散，大夥還是常來，父親收不住心，心夢非常不悅，聚會時間大夥常與心夢起衝突，僵持氣氛濃重。一夜眾人又是清談飲酒至凌晨，那晚我不在，聽說隔天中午心夢起床時，看見父親與小苗在客廳裡「擁抱」。心夢長期的不滿與懷疑終於爆發，幾人激烈衝突，小苗挨了心夢一巴掌，父親打電話要我將小苗帶走。

「我沒跟蕩哥怎樣。是我心情不好，他正在安慰我。」小苗說。我有預感，她希望我成為證人，為她作證清白。

心夢鬧了好一陣子，在父親的默許下，畫室又恢復了自由來往的習慣，甚至變本加厲，有時幾天幾夜屋裡人聲都沒停過，最後是心夢搬出了畫室。事情鬧了兩個月，父親最後將所有活動停辦，與心夢分手。

我就是在那段眾人與心夢對峙的時間，逐漸與小苗熟悉。每次聚會，都是我送她回家，她不曾在畫室裡過夜，但也沒有因此不來參加聚會。某個深夜我不知哪來的勇氣，開口對她求愛，她爽快答應，還說：「我一直在等你開口。」我們的交往順利，兩人不知怎的就是非常相合，每次約會完，我們就會到蕩哥的畫室坐坐，大夥都給我們祝福，秋天時我決定與小苗在年底結婚，蕩哥一口答應。或許蕩哥在我面前仍記得自己是父親吧，小苗一旦與我結婚，就成了他兒媳。

我沒有問過父親與小苗究竟有沒有「睡過」，小苗說沒有我就信了。我在乎的只是我們交往後他們能否保持清白。但這樣的在乎，卻成爲雙面試探，我知道小苗喜歡蕩哥，她喜歡我帶她到畫室去，我也知道蕩哥喜歡我們一起出現。那段日子雖然已與心夢分手，宣稱「被女人嚇怕了」的父親，沒有如往常那樣投入新歡的懷抱，因爲可能的新歡已成爲我的未婚妻。倘若最初小苗與我交往是爲了避嫌，如今也已成事實，但我隨時都可以退出，即使婚期已定，我還有機會喊停。我日日逼近那個試探，我沒有把握通過考驗。

父親不能睡兒子的妻，那麼兒子就可以奪走父親的女人嗎？

小苗許多次與我談及蕩哥（我們都這麼稱呼他，彷彿這樣就可以沖淡某些罪惡的氣息），她總是說：「我這一輩子受夠壞男人了，我不會愛上蕩哥那樣的男人。」這種太規矩的說法，更讓我起疑，陰影上身時，我甚至懷疑連這樁婚姻都是他們遮蓋戀情的幌子，小苗作爲我的女人，更可以合法合理地親近蕩哥，即使沒有眞的曖昧，情欲的偷渡也是在所難免。

爲什麼一定要是小苗呢？他可以睡任何人，然而，即將成爲我妻子的小苗在他狂悖的欲望中，已成爲最唾手可得、卻也最遙不可及的存在，正是這份挾帶威脅、罪惡感、背叛，與「我不可奪我子之妻」相悖、「爲何不可」的欲望，使得一生裡始終無所顧忌的父親，成爲欲望的囚徒。小苗從一個長相平凡、姿色普通的女子，成爲他夢裡的絕色，無人可及。

我大可轉身離開，不再介入小苗與父親之間，讓他還是蕩哥，而我就是那個「總是收到好人卡」的爛好人，依然回到我與那些長腿辣妹注定慘敗的遊戲。然而我也被魅住了，我心中有兩股力量交織，一則是我對小苗的喜愛，另一則是對她未來的擔憂，我完全知道她與蕩哥交往會發生什麼事，蕩哥只喜愛追逐不到的人事物，任何需要穩定下來的狀態都會使他想逃，我不願見到小苗爲蕩哥心碎。

那些瘋狂的念頭折磨著我，小苗也爲此所苦，即使我從未指責她。

今日午後，我是在小苗試穿第三套婚紗時突然開竅的，過往幾個月腦中彷彿死結般愈纏愈緊的念頭，那既是愛、恨、嫉妒、恐懼、憐憫、悲傷的情緒，突然全部鬆開，因爲小苗太美了，我不曾在畫室裡看過她這個模樣。過去，她總是穿著隨性、甚至有些男孩子氣，她似乎刻意隱藏自己的女性特質，想要在蕩哥面前做一個「同性知己」。後來幾次歡愛時，小苗流著淚對我說：「我從不曾如此愛過一個人，你讓我非常安心。」我總以爲那就意謂著她是爲了安全感而選擇了我，而她心裡依然渴望蕩哥那樣的壞男人。

開竅的感覺如同花的綻放，無意間就存在那兒了。我茅塞頓開，唯一可以對抗我的猜疑與蕩哥的威脅的，只有堅定的愛，我赫然發現這一切無常的事物中，我是可以做決定的人，有別於母親終生的痛苦，有別於蕩哥那些最後悲傷離去的女人，我早就可以不做那個小時候總負責安慰母親、又要在心中不斷爲父親說話的孩子。我不用像父親，無須追求他那種無拘無束的人生，我想要的，僅僅是去愛人，去真實地守護著我所愛的，儘管，最後她可能會讓我非常傷心。我能夠預先地原諒，我可以爲小苗做到這些，而不是眼看著她邁向深淵，卻只在意自己是否被背叛。我甚至可以爲父親做到這個，他一生追求自由，卻反爲欲望的俘虜，他盼望能補償我，卻即將重重傷害我，這些我都知悉，我不能只是被動地等待，甚至悲觀地預見「父子相殘之日」的到來，那樣會毀掉所有人。我即將原諒，並且深刻地理解，人心是多麼脆弱，我們是如何地拚命追逐幻影，爲不可知的狀態著迷，我們相信愛是一種疾病，無法抵抗，我們將命運交給隨時可能踏進我們的世界，將之掀翻、毀滅的人，但我不做這樣的人，我要做的僅是去愛，不計較個人榮辱、尊嚴，甚至，不隨著情緒擺動，不因對方的反應變化。我愛的是小苗，而非擊敗父親的感覺。我知道小苗受到父親吸引，然而終究是會過去的，即使，有一日，他們要拆毀這一切，奔赴那始終吸引他們的相會。我已經預知了這一切，那是我無力阻止的，但我也不要再去試探、設陷阱。

就讓我愛著，以堅定的愛對抗無法預測的命運，以及人們總要一再重蹈覆轍的惡習。就讓我愛著，因我發現父親已經變成了怕老、怕醜、甚至擔憂自己風華不再的「老人」，我不再覺得自己是次級品，是山寨版的蕩哥，因爲其實我早已活出了我自己，我堅定、癡情，不是因爲我沒本事壞，而是我總是想要去愛，而不是去掠奪。

就讓我愛著我即將的妻，以及她腹中的孩子吧，唯有貞定可以破解那屋裡始終徘徊不去的亂倫的魅惑，我唯有強大起來，才能讓小苗不再混亂。而那時，我相信蕩哥會感受到我的力量，他會知道，不是只有毀滅所有，才可以得到自由。

從婚紗公司走出來，車子開向畫室的方向，我心中不再如往常，因驚懼可能會看到蕩哥與小苗的親密而身魂俱裂，我意志堅定，心神安穩。就讓我愛著，無論是傷害我、負棄我的人，我是如此地愛著你們，因爲你們不是任何人，而是我的至親，就讓我強大地愛著，那可以將悲劇扭轉，助我們度過難關。

複數的舞蹈

愛才是不會重複的。因為它的重複都是自我更新，修正，補充，調整。

男人熟睡時，發出劇烈的呼嚕聲，如果這時走過去，用枕頭蓋住他的口鼻，稍加施力，可以在他成功掙脫前，使之窒息。

她在空中指畫著，模擬如何拿起枕頭，放下，好像這樣就已經到達效果。清醒時長相並不醜陋的人，一睡著卻像山崩似的，整張臉都歪斜了，倘若窒息，會呈現如何醜態？抑或恢復原本相貌？酒吧相識後，男人將她帶回家來，典型租屋處，或許他正如自己宣稱的，是個未婚的電腦工程師，但一般工程師會上酒吧嗎？可如今這些有什麼要緊？倘若他仍活著，直到她離去之前，這些名字、身分、職業、婚姻狀況，就都是不需要的線索，只有死人需要鉅細靡遺的身分用來證明自身存在。

丁敏穿著內衣褲在陌生的屋裡走動，過去她從未像現在這樣，隨時準備全套各色蕾絲的胸罩丁字褲，皮包裡放著鋒利的瑞士刀與安眠藥物、情趣用品店買來的手銬。雖則一次也沒用過，但難說什麼時候會派上用場。

她閒散走逛一房一廳一衛的陌生人居所，所謂「家」這個空間，裝潢俗麗，物品零散，充滿3C用品，但還算乾淨。這人此刻就像某些承諾過會開車帶她回家的人一樣，性交過後就陷入如死的睡眠，汽車鑰匙就在床邊，皮夾、手機、公事包，屋內可能藏有大量現金，汽車就停在樓下車庫，她隨時可以全部拿走。「爲什麼可以在陌生人面前這麼放鬆呢？」丁敏納悶地想，當然，也有性交完畢還清醒著的人，迫切地想交談或者再來一發，比較起來還是熟睡的狀態讓她自在。認識不到三小時的人，丁敏凝望床上男人的裸體，自稱二十七歲的男人Kevin（還是Mike？Paul？John？），這些在酒吧認識的男人總喜歡取英文名字，而另一種在咖啡館前來搭訕的人，則經常會用三個字的「疑似眞名」正經地自我介紹，甚至遞上名片，那些在機場、巴士站、甚至是尋常商店裡偶遇的人，則很喜歡自稱「某先生」。然這些規則也有不準的時候，無論什麼英文名、中文名、眞名僞名，丁敏決心跟「任何」想要與她上床的男人「性交」之後，身上彷彿就開始散發特定的氣味，吸引著各色來人靠近。她在各種場合、境遇與情況底下與「認識」的男人共赴某一處所，旅館、飯店、賓館或男人的住處，像是唯恐來不及似的，以各種體位、姿勢、方法，快速地交合，一次或兩次，然後各自離去。

一場性交如何開始（爲何開始）？網路或實體邂逅？文字或聲音搭訕？簡訊或親口示意？當她的身體頻道調整到「隨時可以性交」的狀態，發現這一切比想像中容易，眞的如張偉明所說「就是那樣發生了，沒什麼道理。就只是性。可以發生，爲什麼要拒絕」。然而，她還是必須親自走這麼一趟（不是一趟，是五十三次，張偉明在電腦裡留下的紀錄顯示，與陌生網友見面性交登記有案的，五年來共有五十三次）。不是爲了報復，儘管他倆已經分手，而是丁敏始終覺得自己若無法眞正理解他說的「就是性而已，發洩，爽快，刺激，跟愛不愛你沒有關係」、「這些性關係甚至對我們有幫助，讓我情緒平穩，紓緩壓力，我更有能力處理我跟你的關係」。那是在她無意間發現張偉明「獵豔」紀錄之後，兩人爭吵時他的解釋。從事攝影工作的張偉明沒有拍下任何一張照片，卻詳細記錄與女人見面的時間地點，女人外貌、名字（英文字母代稱，因爲多達五十三次，有些女人就出現了S3、J2、G4這種類似手機型號的代碼）。五十三次，每次都愼重其事冒著被發現的危險記下了，攤牌時沒有悔悟、發誓或其他以資證明「再也不會這樣了」的宣告，丁敏光是看著那個內容不斷延伸的檔案夾，就知道這是會再次發生的，是張偉明無法也不願戒除的「習慣」。「你若要我誠實地說，我只能說我還會繼續下去。」

他做了選擇。她也做了她的選擇。

並不平靜地分手，張偉明甚至不想分手，希望說服她「這樣的事不會傷害感情」，她幾乎快被說服，然終於還是鐵了心分手，張偉明拖拖拉拉地搬家，甚至表明只要她願意「隨時都可以復合」。他臨走前，丁敏要走了那台筆電，理由是「那是我送你的生日禮物」，其實她更想要的是那個資料夾，那份獵豔紀錄，但她知道張一定早有備份，無妨，她只是想要仔細看看內容。有三百個備份也無差。

分手後精神近乎錯亂的兩個月裡，她把自己關在屋裡，除了必要出門上班，其他時間，讓屋子黑暗，只有電腦開著，彷彿沉入深深海底。她反覆讀著那份資料，揣想那些可能的過程，在他們相戀的幾年，思量著張偉明如何上網、聊天、約炮、如何與那些人見面，如何開始，如何結束。她想像他日復一日與她相戀，相熟，同居，甚至進一步討論結婚的可能。他們在大賣場、家具店、電影院、餐廳，牽手、擁抱、接吻、性愛，彷彿其他戀人無異，他從沒表達過任何不滿足，實則他早把某些需要讓開，那些不需要丁敏來滿足。與此同時進行的，這持續幾年沒打算中斷也沒有準備停止的獵豔，到底所爲何來？「這讓我情緒穩定，更有益於跟你相處。」張說，彷彿跟她相戀相處是多麼驚濤駭浪需要與陌生人的性愛才足以平撫。

「你比她們任何一個都還漂亮，性感。可是，那些比你醜的女人讓我興奮。因爲陌生。陌生感永遠只有一次，這是殘酷的現實。」張說。

「你永遠也無法了解，男人就是可以把性與愛分開，甚至可以把重複與不重複的性分開計算，至少我就是那種男人。這些性交完全不妨礙我愛你，我甚至不感到罪惡。」他說了又說，她愈聽愈沉靜。

他說的她都無法認同，但凡她到達不了的地方，他都可以宣稱爲眞理。

幾個月過去呢？她愈來愈不像一個剛失戀的女人，她從那些想像裡得到痛苦，也得到養分，她像解讀密碼似的反覆閱讀那份紀錄，以至於最後完全將內容「內化」到自己的腦中，甚至，她認爲自己已經成爲了那些A1、B2、C3的女人，同時也成爲那個在網路上獵豔的男人，可以開始行動。

她的第一次是在酒吧裡喝醉之後，跟一個工作上有點來往的同行回家發生，男人卸下衣服的模樣跟平時截然不同，他的大腿有大片熱水燙傷的疤痕，疤痕像是催情物，激發了丁敏的反應。

事後，丁敏拿走了男子皮夾裡的一張護身符。由此開始，丁敏不再與相識的男人，也不像張偉明從網路下手，而是在每一個生活日常，或者下班途中、出差的路上，甚或某些與男女之事毫無可能的場合，碰上了那些人。

她得自己走一遍，才能走出那份名單造就的歧途。

這是第二十三次，時間彷彿已經過去了幾年似的，但眞實世界裡距離她發現那個檔案才不過一百二十九天。

望著床鋪上散落的衣物，再次重新確認著過程似的，逐一把自己的衣裙穿上，臨走前她拿走了男人電腦桌上一個龍年紀念幣。

她將紀念幣丟進餅乾盒裡，盒中還有幾十項來源不同的「紀念品」，有五十元、十元、一元硬幣幾枚，銀戒指一只、指甲刀、ZIPPO打火機、掛有三支鑰匙的賓士車鑰匙圈、白金戒指一枚（尾戒）、象牙印章、四枚生肖紀念幣、龍山寺與行天宮的護身符，甚至還有一張全家三口照片。

硬幣的比例如此之高，丁敏自己也感到詫異，但不是爲了錢，這只是個記號，記錄著，曾有此事。

這些小東西都是在男人睡著後，隨手在長褲、皮夾、茶几、床邊，或出門時從放鑰匙的盤子裡拿走的。隨機地拿，當然碰上過更有價值的物品，比如，總是有男人會在性交前把婚戒拿下來（但是連尾戒都拿下來就令人摸不著頭腦了），手上的勞力士也拿下來。她想，自己一定是個不會令人恐懼的女人吧！又或者男人根本不會害怕女人，即使只是晚上剛認識的陌生女子。

第二十三次，循序漸進，她愈來愈熟練，正如現實生活裡她的工作表現，她的人格特質，以前張偉明笑說的「有點強迫症啊你」，任何事她都要做到極致，發揮到最好，如今她已將「勾引陌生人」這一套流程操作得十分流暢。但她不曾與任何一個男人見第二次面，光只是想到同樣的事再重複一次，都會頭昏眼花。

勾引陌生人，重點在於陌生、勾引，以及隨後拿了紀念品回家這個過程，她不寫筆記、做紀錄，她不需要，這整件事對她來說都值得記住，只與一人、發生一次，像誕生、死亡、或者災難，都是獨一無二、具有決定性的。

比如，某一次，她認爲自己幾乎完全可能就把眼前的男人絞殺了。

不重複的性，使她聯想到的都是謀殺。

但是，不同的人就不算重複嗎？經過二十多次的練習，她卻益發感覺所有的性交都是重複行爲，無論對象如何陌生，一旦進入肉體相搏的過程，一種已經重複無限次的感覺就會襲上心頭。「女人畢竟與男人不同」，當她這麼想著，肚子上彷彿就遭到重擊。

張偉明到底是怎麼做的？爲何能夠樂此不疲？他如何從中領略那種毫不重複的新鮮感？陌生？刺激？爽快？無負擔？甚至是開獎前的緊張。難道她也要來試一試網路交友？

可是她不想要跟他一樣，那就是抄襲了。

她依然要從眼前所見之物中揀選，或者被挑選後她應允，或是根本毫不選擇，遇上什麼就是什麼，她想要順隨命運。如今她已熟練這些勾引、暗示、挑逗，一切彷彿不言自明，幾乎可化爲幾個手勢、眼神、一抹微笑、一瞥視線，甚至一股氣味。

誰誰誰一進酒吧就看著她笑，誰誰誰與身邊友人耳語一聲便逕自朝她走來，誰誰誰拉開椅子，誰誰誰過來爲她點一杯酒，誰誰誰尾隨她從電影院一路走到商店街，誰誰誰將汽車鑰匙交到她手裡，「去哪裡都隨你」。

她出門前反覆檢查過自己的衣著、眼神、妝容，總是要確認到「就是這個味道，不多不少，不高不低」，她幾乎可以準確感知，如果費洛蒙可以量化，差不多就是她現在這個樣子。

但是第二十九個男人李陽平使她破例了。

第二十九次，是李陽平，他們在酒吧偶遇，隨後就一起去了附近的飯店，丁敏以往時常去喝下午茶的星級飯店，進入房間內還是第一次，所有一切都舒適高雅，陌生的性從陌生開始，卻意外進入極爲抒情的癲狂。丁敏發現過去用的方式行不通，她無法只是單純地將李陽平視爲「另一個男人的延續」，或者只是尺寸不同的「屌」的擁有者，或如人類學報告般在腦中記錄下身高體重髮色髮量、如何調情、如何脫衣、前戲多長、性交時間多久，這男人一下子就讓所有她用來監測、記錄、使自己處在一種中間狀態的保護閥故障了。他們在飯店裡一直待到凌晨。

不只是性，不只是一次又一次重複的「進出」，不是一個陌生肉體與另一個陌生的肉體互相接觸、交合、分離，不是體液的交換，不是收集獵物。

那是什麼呢？

某種無法言喻的癲狂蘊含在他的動作舉止、眼神之中，類似丁敏在性交後那種「想要絞殺」某人的欲望，「殺害」或「死亡」只是一種方式，像是儀式結束後必須的符號，當然丁敏並沒有這麼做，李陽平也沒有類似暴力的舉動，一種緩慢詩意的暴力融化在他的動作裡，每一個舉動都加重三成的力道，每一個親吻都含著恰到好處不見血的撕咬（她竟然讓他吻她，幾乎是一進房間他就將她的臉捧起來吻，不容拒絕）。這是個飢餓過久的男人，寂寞使他瘋狂，即使已經歷經前二十八次性交，丁敏發現自己也飢餓如狂，爲什麼，某種從靈魂裡爆發出來的飢渴，讓骨頭痠痛、皮膚麻癢，他一點都不小心，接近暴力邊緣的動作將她磨出一身疙瘩。

「我必須再見你。」臨走前他說。

「可是我從不見第二次的。」她回答。

「爲什麼不能再見面？」他問。「重複的一夜情不叫一夜情。」她說。

「爲什麼非得一夜情？」他又問。「因爲必須這麼做。」她心虛回答。

二十九個男人給了她什麼啟示嗎？稍微療癒或開解她心中被重擊出那巨大的空洞嗎？又或者自己在失戀後的寂寞沮喪中，發現了一個宛如麻醉劑的好方法，發現自己更適宜在這些簡短迅速的交歡中忘卻生活裡其他麻煩，又或者，她只是想報復？

「你會見我。」他斬釘截鐵地說。

她就像中邪一樣跟他見了第二次，在她家附近的汽車旅館，房間俗豔，時間倉促，動作粗魯。「最近工作很忙。」他粗喘著氣，彷彿又跟其他人沒有不同了，他不僅是自我重複，還與他人重疊，而她一貫建立的冷感節制，也出現了紊亂，她感到自己已經在崩潰邊緣，一定是意志力出現問題。

彷彿宣示著結局，或實驗失敗的來臨，第三次發生在他家中，深夜他如著火般撥打電話，哀哀懇切。「很想念你，快要發狂。」「但我又走不開。」「我派車去載你。拜託，今晚一定得見到你。」

「不然呢？」

「會出人命的。」

「我又不是應召的。」

「你會來的。我知道你不會拒絕我。」

開車的男子安靜無語，穿過區界，已經是毫無所悉的地方了，車子開進一個社區，「D棟四樓之四」，男人說，彷彿遞送一個包裹。

他們的性愛每況愈下，不變的是其中的暴力特質，他倆都非常粗暴，彷彿多恨對方似的，而那股恨之中又帶著濃烈的愛，他們都知道彼此不過是某人的替身，因此反而更加放肆。「我知道你拒絕不了我，這是注定的。」李陽平說。

終於這次他也如其他人一樣在性愛後落入深沉的睡眠，丁敏拿出皮包裡的手銬，猶豫了一下，決定拿出瑞士刀，她的眼淚落下來，好像終於得償心願。張偉明說的不對，女人也可以跟男人一樣將愛與性分開，只是，「這樣不會讓你變成有勇氣的人」，她喃喃自語，「你無法靠著不跟重複的人性交來抵禦我這個重複的情人。沒有任何事不是重複的，正如我此刻在這裡，唯有死亡不會重複，所以我必須殺了他或殺了自己，沒有答案，我也不接受辯駁，我已經用身體、用精神與意志，親自踏過你訴說的那塊土地，飛過那個領空，可是沒有用，被踏碎了的夢就不是夢而成爲現實，現實是，你就算把那些人那些細節都記錄起來，正如我帶回所有的紀念物，這些是終究還是虛空的。

「但你知道什麼是不重複的嗎？張偉明。

「愛才是不會重複的。因爲它的重複都是自我更新，修正，補充，調整，因爲我們是用生命的單調、日常、卑微、怯懦，用我們的脆弱、忍耐、哀痛，像在海邊產卵用沙掩埋的海龜，我們只能大量地大量地產出，以求在所有毀壞中尋得一點點，可能是唯一一個，存活下去的後代。我知道你不懂，但是我懂了。」

正當她舉起刀子準備用力往下刺時，傳來一陣孩童的嚎哭。又回到夢中了嗎？她心想，夢中之夢，或者這一切都不是眞的，她沒有第三次來見他，也就不必殺了他。一個三歲左右的女童出現在她眼前，孩子揉著眼睛，哭著說：「爸爸，我作噩夢。」

過去兩百多天的疲憊、辛酸、茫然、惶惑，或者，她一直沒有好好理解的，自己究竟身在何方，所爲何來，在這孩童的言語裡清晰起來。男人突然醒來，也沒看她一眼，就衝過去抱起小女孩。「別怕。爸爸在這兒。」

丁敏垂然坐在床邊，然後像木頭一樣倒下，沉入了如死的睡眠。

像掛斷電話那樣消失吧

當一重幻象出現時，你會知道是自己孤單，然而當第二重幻象也同時曝光，你就知道自己已經被孤寂扭曲，你生活的現實失去了可以被清楚感知的標準。

非如此不可。

玫瑰想著，走進 Blue Bay 之前，她的絲襪勾破了一角，但天色昏暗，酒吧裡想必燈光也是黯淡的，旁人看不見這個破洞正如她內心的荒敗。她會知道這家位於飯店地下室的酒吧，是因為上班時每天騎摩托車經過，白底藍字手寫的招牌，入口處刻意營造的地中海風格，相當顯眼。對於大學剛畢業、生長在九〇年代台中市的年輕女子李玫瑰而言，酒吧到底是什麼呢？她在大學時代跟著幾個朋友去過幾回，在不同城市、不同氣氛的酒吧，有只播放爵士樂、陰暗、整個屋子裡都是黑膠與CD的小酒吧，朋友故意耍酷地說「來杯雪腥瑪麗」，中年老闆一臉不高興地回答：「沒賣那種東西。」他們只好點了龍舌蘭，辣得要命的烈酒，那天是耶誕節啊，整個氣氛都被破壞了。另一次是被社團的學長帶去叫做監獄的酒吧，第一次喝了名為可樂娜的啤酒，看大家都把塞在瓶口的黃檸檬角很帥地擠進瓶子裡，她也跟著這麼做，很淡的啤酒，她喝一次就喜歡上了，酒吧裡不能跳舞，音樂卻吵得要命。

Blue Bay 不是那一種店，她聽同事小美提起過。小美是穿著打扮看起來就很OL的女孩，在她們這個四人小公司擔任公關，時常跟著老闆到處開會，午餐時間會帶她去某某小店吃商業午餐，領薪水的日子，也會帶她到附近的法國餐廳吃過法國菜（花去她心疼死了的三千元）。Blue Bay 位於商業旅館地下樓，方便客人下去喝一杯，半夜十二點後開放跳舞，小美說每次去那兒，都有人來搭訕。

玫瑰一定是衝著最後那一句話而來。被搭訕，是她目前想要的事物。

她換上衣櫥裡最性感的衣著，黑色細肩帶背心洋裝、窄身小外套、絲襪、高統靴，把一頭及腰長髮梳了又梳。多年後她若回想起這個畫面，會嘲笑自己根本還不知道「打扮」的意思。她那張原本就不特別出色的臉蛋若加上細膩的妝容，粉底、腮紅、眼影、眼線、睫毛膏，層層加工，也可以化腐朽為神奇，然而回到當時，二十五歲的她，青春的肉體就是一切，也是她僅有的武器。她戴上安全帽（當時為何沒想到可以搭計程車呢？太窮了吧，她到哪都騎車，即使在黑夜的街頭，有了這台摩托車就感到安全，她絲毫沒想過如果尋求的是一夜浪漫，那麼被搭訕之後摩托車該怎麼辦），跨上車發動引擎就駛入黑夜大街。

好不容易才熬到十點半買票入場，週末夜晚，早早就有排隊人潮，她環顧四周，大多三兩成群，男女皆有。

迪斯可熱舞時間，在四周都是鏡子的狹窄舞池裡，她縱情扭動身體。是酒精作用嗎？或是她渴望追求一點放縱，都是求偶吧，舞池裡男男女女，誰像她這般孤寂？

那兩個男人一高一矮，高者壯碩，矮個那位國中生似的沒發育的瘦小身材。「小姐你好，」高個對她說，「一個人來啊？」她用力點點頭。

這是搭訕她知道，電影都這麼演，再過兩首歌熱舞時間結束，他們就會邀她回座位聊天，然後問她要不要去吃消夜？或者換個安靜的地方聊聊天？沒有太多意外的劇情。舞池好暗，她看不清男子長相，這種兩人一組的搭檔到底是怎麼回事？會讓女方比較有安全感嗎？

後來他們去了玫瑰家樓下的酒吧——玫瑰當然沒說酒吧在自己家樓下，而是說，「那家我常去的店」，雖然她一次也沒進去過，但她每天經過，有安全感。不知為何他們沒搭計程車，高個男子騎玫瑰的摩托車，小個子也騎車跟在後頭，一群年輕沒有情欲資本的窮鬼。

那個夜晚非常漫長，舞池搭訕、酒吧座位區散漫地聊天，高個男子自稱麥可，矮個是小五（一二三四五的五，他說），玫瑰謊稱自己叫茉莉，說起來毫不彆扭，心中甚至暗暗想著，以後到夜店來就叫這個名字。三個人彼此間到底可以聊些什麼？玫瑰心中納悶，倘若這些話語的目的是爲了讓彼此有機會打開情欲的門，那麼到底是什麼樣的話語才可以搭建起橋梁，讓對方知道默契已達，可以更進一步？她知道最後小五會找個藉口離開，她像觀看別人的故事那樣觀察著一切進展。凌晨三點，這間酒館主要賣燒烤，兩個月前開張，就開在她住的這棟老舊大樓的一樓。巷弄裡有各色商店，都是破破舊舊的。她在市中心一家藝品店工作，月薪兩萬五，她在三樓租下一間狹窄套房，唯一的對外窗面向天井，即使白天也是陰暗的。她有一個情人，但對方已有家室，在那個還沒有手機、網路、臉書、LINE的時代，就只能等。

但一切都沒關係，她有她自己的計畫，盡可能打工賺錢，積攢存款，等存款到達三十萬，她就要辭去工作找一個地方安靜地寫小說。

可是寂寞啊，好孤寂，所有一切與世界背反的人事物，承受起來竟有那麼困難。

這些當然她都沒有對他們說。她從年長已婚的情人身上懂得了男歡女愛，她自認要比眼前這個看來自信的高個子懂得情欲的曖昧、勾引的藝術，但她想看看別人都是怎麼做的，一般男女，是如何相互吸引、挑選、勾引、表白，那些較爲平凡、正常的性愛是如何開始。雖說，在酒吧裡釣人發生一夜情也稱不上多麼平凡正常，然而這兩年的經歷告訴她，只要對方不是有老婆的人，就都無罪。

他們在酒吧裡點了燒烤、啤酒，無意間小五就不見了，等玫瑰意識到時，就只剩下她與麥可在喝酒。「等會要不要去兜風？」麥可說，「還是去外面逛逛？」小五離開後，他們之間似乎就少了可以將話題聯繫起來的紐帶，玫瑰有點疲倦地想著，爲什麼不直接說要上床？這樣拖拖拉拉要到什麼時候？「我就住在附近。」她說，這樣表達太大膽了嗎？這個男人是吸引她的嗎？兩人已經發展到可以一夜風流，毫無傷害嗎？不知道，玫瑰心中只有未被塡滿的好奇與一種無可奈何的欲望，這一個夜晚希望可以更好地收場。

麥可去便利商店買了便宜紅酒、點心和一捲優客李林的卡帶，他們推門走進玫瑰狹窄的套房內，席地而坐。簡陋的屋裡，有設備齊全的電視、錄放影機、ＣＤ與錄音帶兩用的播放器、擴大機與揚聲器一應俱全，還有上千本的書，她不知道這樣的屋裡看來是什麼樣，但麥可似乎很滿意這間沒有太多女孩氣息的套房。他安適地將紅酒倒入馬克杯中，把卡帶包裝拆掉，細心地放入音響的卡夾裡，「I don't believe it，是我放棄了你……」清亮的男高音響起，是當時最紅的流行歌曲。

後來他們是在這張專輯的不知第幾首歌聲中躺上了那張彈簧有點損壞、時常發出怪響的大床裡，開始了所謂的一夜情。

那夜之後，玫瑰繼續著她孤寂、漫長的等待，等候下班，等候清仁有時偷空打來的電話，以及必須要找朋友幫忙撒謊才能得到的見面時間。那是他們最艱難的一段時光，三個月前戀情曝光後，清仁的妻子威脅要控告玫瑰，清仁寫下悔過書請求撤告，此後，清仁的行蹤二十四小時被掌控，在家時妻子幾乎寸步不離，上班日她就帶著便當在公司外頭等，從出門到進門緊密監視，近來唯一一次見面，是公司裡的老友幫著撒謊才成功。兩人宣稱要外出開會，老友說「嫂子你在公司休息，我們等會就回來」，友人開車帶清仁到了玫瑰住處，「兩小時後我來接你」。

許久不見的清仁顯得消瘦，千言萬語來不及說，只說：「很想你，但是沒辦法單獨出門。請忍耐一下，這段時間真的很困難，別把她逼上絕路，我們再想想辦法。」清仁以無比的激情與她做愛，但玫瑰腦子空空的。「不要再來找我了，」她說，「我不想傷害任何人」。「不要這樣，給我時間處理。」清仁哀求。她很想跟清仁說，自己還有一個身分叫做茉莉，她想全盤說出那一晚她是如何去酒吧釣人，想說出麥可與清仁的所有相似與相異，她要說自己心裡沒有不忠的感覺，她覺得這才是解脫，但終於她什麼也沒說出來，深沉的悲傷與逐漸麻木的感覺將她包圍，像果仁長出了果殼，封住了她的嘴。

某天夜裡，電話響起，傳來低沉的男子嗓音：「你想我嗎？」是麥可。

但又好像不是他。

不同於那夜酒吧邂逅時的他，電話裡的麥可擅長撩撥，幾乎能在幾句話裡就快速撩動她的欲望，低低的聲音問她穿著什麼睡衣，要她如何撫摸自己，告訴她她有多美多性感，「跟我說你想要。」

許多回想起來仍會臉紅心跳的淫穢詞語，許多唯有夜深人靜才爬出地底浮上心頭的幽微暗影，他都輕鬆掌握，她在不到三十分鐘的談話裡，意亂情迷，幾至癲狂。

此後，每個夜裡她等待著他準時打來的色情電話，讓他將她撩撥至高燒、只得自己把自己撫弄得筋疲力盡，才能安然入睡。

夜夜如此。玫瑰的生活彷彿變成了等待那深夜一通色情電話而來，白日裡所有的痛苦都有了報償。清仁變得極其遙遠，思念與無力感不再那麼令人痛苦。

一個月過去了吧，玫瑰一直說要跟麥可見面，她幾乎以爲自己在戀愛，憑藉著僅有一面之緣的印象。他長得不差，雖說那次性愛裡絲毫沒有電話中那些色情、淫亂、只有想像才得以創造出的奇異幻景，但兩者結合起來，麥可將變成一個完美的情人，總在她需要時出現，而且願意陪她講話到天亮。

那夜電鈴響起時，玫瑰先是想到清仁、但很快想到應該是麥可，因爲他曾允諾她很快就來見她。門外站著的人比記憶裡更高大，她柔聲說：「怎麼沒先告訴我你要來。」麥可說：「好不容易才有假。」他頂著一頭短短的頭髮，一副阿兵哥的樣子。所有事物都不對勁，他神色裡一點也沒有他們深夜對話裡那種溫柔。

「而且我又沒有你的電話。」麥可說。

「你不是每天都打電話給我？」玫瑰生氣地說。

「怎麼打？打到哪裡去？」麥可沒好氣地回答。

電話幾乎是在同一時間響起的，她伸手去接。「想我了嗎？」電話裡傳來熟悉的聲音，她眼前的時空啪的一聲整個碎裂。

弄錯了。

不是他。

「你是誰！」玫瑰對著話筒裡的男人大喊，繼而又對著眼前的麥可大叫：「不要靠近我！」說完這兩句話，電話裡與眞實中的兩個男人幾乎同時發出「你怎麼了，你在跟誰講話？」的喊聲，她無法對任何一個人解釋這件事從何處出了差錯，她也無法明白爲什麼那晚會在接聽一通無名色情電話的同時，以爲那是一夜情的麥可，繼而演變成如今這種場面。這兩個人都該是幻覺，都是虛擬，是因爲玫瑰太過孤寂而產生的幻象。當一重幻象出現時，你會知道是自己孤單，然而當第二重幻象也同時曝光，你就知道自己已經被孤寂扭曲，你生活的現實失去了可以被清楚感知的標準。

最荒謬的時刻是麥可搶過電話，對電話裡的男人狠狠罵了幾句，兩個人在一瞬間化爲一體，他們不過都是「陌生人」，一個或兩個並無區別，玫瑰沒有喜愛他倆任何一人更多或更少，那些因著淫穢話語而生的激情，更多時刻，也不過是失眠夜裡的酒精或藥物的替代品，更準確地說，他們都是「清仁」的替代品，是為了轉移或取消清仁帶給她的無力感，為了使自己不會失控突然衝到清仁家裡去。玫瑰寧願自殺也不願意出醜啊，是某種「代償物」，麥可與那人對話著，或許那不過是一個人的兩張臉交替出現，一張嘴出現的兩種聲音交替，但隨著時間過去，麥可漸漸變成了實體，玫瑰彷彿可以感覺甚至聽到電話那頭某個人正在逐漸縮小、融化的模樣，那個被玫瑰冠以「完美情人」化身的人，竟不過只是個隨機撥打色情電話，無意間闖入玫瑰孤寂生活裡，因而得以綿延了一個月的「電話性愛」。他竊取了麥可甚至是清仁的的肉身，得以降生在玫瑰這間寒酸悲慘的單身套房，隨著麥可眞身的出現，終究必須消失在電話那頭。

「這樣你也會搞錯。」麥可說，「有沒有那麼笨？遇上壞人怎麼辦？」

他大大咧咧地脫掉上衣，直直往臥房那邊走，玫瑰凝望著這個徑直走進她臥房的男人，眞實的他，第二次的他，比記憶中粗魯。她記起了他們其實乏善可陳的一夜情，這個男人還是個菜鳥，卻以為自己可以對她為所欲為。他發現玫瑰在原地站立不動，便走過來摟住她。「我不要」她低聲說，「現在不想。」或者從來不想，她想要的不是他，但這些怎麼解釋清楚。麥可完全不理會玫瑰的反對與拒絕，他幾乎是用拽的，把她拉向臥室，開始拉扯她的睡衣。「我不要！」玫瑰喊著，麥可用蠻力將她制服。被粗暴地撕開衣服，雙手雙腳壓制在床上，玫瑰或茉莉，她自己也分不清楚的這個女人，彷彿歷經了一段極爲狼狽的跋涉，麥可瞪眼望她，那雙眼睛並不恐怖。「要還是不要？」麥可問她，「你知不知道自己在幹麼？從第一次看到你，就覺得你特別瘋，我本來不想再來了，但一想起你的眼神，就覺得擔心，果然你就在這段時間裡亂搞了這麼一大套。你知不知道那個人是變態？這樣有多危險？」正要強暴她的男人，竟然對她說教，玫瑰感覺那時彷彿是清仁附了麥可的身，猶如過去幾個月裡好不容易才有的電話交談裡，清仁悲戚對她說：「你一定以爲我沒有盡力，你不相信我是眞的身不由己，但我寧願你恨我，也不要你爲了不想恨我而變得麻木。」

「你到底想要什麼？」麥可一問再問。「管那麼多幹麼？不就是要上床嗎？」玫瑰恨恨地低語，「只是性，沒有那麼難！」

他們幾乎是帶著某種恨意，激烈地撕扯著對方的身體。玫瑰想起第一次與他在那高亢清亮的男子組合的情歌中百無聊賴的一夜情，繼而想起與清仁曾經在任何一個可以獨處的地方悲哀又絕望地交合，這些那些，都不是她要的，她渴望著什麼，比性器交合更爲深沉，更爲親密，或者更爲疏離的，即使不相見也可以繼續，她知道世人稱呼那叫做「愛情」。可是她羞於說出口，彷彿那是她不配得到的事物。

最後麥可倒伏在她身上時，叫做玫瑰或茉莉的這個女人，低聲地自語著：「我想要你愛我。」

「什麼？」麥可問她，「聽不清楚再說一次。」

「現在就從我眼前消失。」她大聲說，「像掛斷電話那樣，拜託讓這一切都消失。」

夜那麼深

他們説的話、説過的故事，那些擁抱，就像高粱酒灌進身體裡，但得到的不是麻痺，而是一種近似於愛，不，那確實就是愛，一種純度極高的友愛，確實讓她騙過了死神，熬過了最絕望倉皇的歲月。

因爲接受雜誌採訪，記者約在一個咖啡館，安娜又回到了那條街。

溫州街，約好的咖啡店沒去過，大約知道地點。安娜下了公車，走過地下道，出地下道後看到屈臣氏旁邊的賣衣服小攤不見了，從誠品書店旁的巷弄走進溫州街，沿途有一些新開張的店，服飾店、飾品店，但是以前常去的咖啡店變成一家看起來很奇怪的店，她沿途走過去，看到雪可屋歇業了。

她至少五年沒來過這條街了。

曾經，這條街是她生活裡最重要的地方，幾乎每個週末她都到這兒來，她熟悉這條街上的每一塊店招，即使沒有約人，就是來買書，走走路，也能度過一下午。

那段溫州街的時光，大約都是這樣的行程，下午時分，安娜與小陸從中和住處搭672公車到達羅斯福路公館站，穿過地下道時會有個老伯伯賣花，一把十元的花有許多種類，出了地下道，屈臣氏旁邊左轉，有攤賣民族風服飾的小攤子，安娜以前穿著大膽，但近年頗喜愛棉麻質感衣衫，小攤子老闆娘人很富態，做事細心，小小店鋪大約一坪，要試穿就得用一塊布掛在牆角權充試衣間。小陸才二十歲，本不是會喜歡這類服飾的年紀，但或許因爲跟安娜在一起，也或許她本就有老靈魂，其實安娜並不完全明白二十歲的小陸心中所思所想，反正只是逛逛。

早餐是隨意打發了，這時若有點餓，就在路口的阿里港吃一碗鵝肉麵，鵝肉是燻製的，安娜很喜歡鵝肉麵的湯頭，但中部來的小陸吃不慣，就吃乾麵配小菜。吃完點心，先直奔位於地下室的政大書城，小陸尋找研究所要用的參考書籍，安娜瀏覽剛上架文學書，或者挑選才從朋友口中聽來的某某經典，總是會有可以買的，各自結帳。買完書，轉進溫州街，有家簡餐店觸動她的回憶，二〇〇二年剛到台北，那時的女友也年輕，總與朋友約在這家小店，排骨飯、雞腿飯配冰紅茶，價格實惠，店裡都是大學生，那時安娜頭髮短短的，三十歲的她，被愛情折騰，感覺自己已經很老了。有幾家專賣運動登山等戶外用品的店，安娜在這裡買過防風的頭巾與水壺，沒事也還是常逛。那時她也剛買了腳踏車，到台北之後，第二次買，但其實她愛搭公車，喜歡走路，認識台北都靠著一班一班長途公車隨意停下後迷路似的長征。不過她最常去的地方還是那幾處，台師大、溫羅汀——那時好像還沒有溫羅汀這稱號。公館就是她的生活圈，買書，買衣服，逛街，吃飯，見朋友，這一個區塊可以包辦她生活中的一切所需。

與朋友相約的時間還早，她拉著小陸去逛位於地下室的唐山書店，再冷門的文史哲書系在這裡都能找到，然後是秋水堂書店，買簡體字書籍，老闆還會提供熱茶，隨意一晃就是個把鐘頭過去，這時提袋已經很重了，走到約好的咖啡店附近，小陸問說要不要去逛逛outlet，自從發現溫州街有家品牌特賣店，她們總是會去逛逛，有時能撿到兩折三折的好貨。品牌店以前是挪威森林咖啡，安娜剛到台北時還朝聖似的去過幾次，明亮的外觀依舊，推開玻璃門，還會有進入咖啡店的錯覺。

服飾店專售各種小眾設計師品牌，設計感十足，價位卻很親民，若能撈到千把塊的外套或裙子，安娜就會下手。小陸家境優渥，兩三千元的衣服也能入手，所以安娜多是逛逛，這些衣服對剛滿二十歲的小陸來說略顯成熟了，但或許她要的就是顯得成熟，以便消弭她與安娜之間十六歲的差異。

買或不買，逛完就離開，再往前，溫州街鄰近巷弄輻射出去，還有好多咖啡店。有家以可麗露聞名的咖啡店，是詩人前輩的最愛，門前綠籬圍繞，總給人庭院深深之感。另外還有窯烤披薩、地中海料理、三角公園，陽光晴好的日子，安娜時常在這個小公園曬太陽，看附近街貓走來走去。

再往前，溫州街到了這一段多是老舊房舍，有些屋前堆滿雜物，牆壁用破舊的帆布遮擋，已經近乎廢墟了，門前卻還擺著茂密的盆栽，顯示這兒仍有人居，並未荒廢。二〇〇六年，她登上某文學雜誌封面，從來不將照片公開的她，也鮮少拍照，當時封面照片就是在這裡拍的，背後是老舊的屋子，堆堆疊疊的回收物，攝影師說，這裡氣氛很好，安娜站定，不自在地微笑，那時，她無法隨意面對鏡頭，也沒有想過幾年後她會變成時常接受攝影拍照的人。

那時生活裡的一切都很簡單，幾百元的衣服，幾十塊的小吃，或者永無止境地散步，可以走到地老天荒似的。

時間來到六點鐘，遠遠已經看到朋友在咖啡店的庭院抽菸，安娜對朋友揮手，她們快步走上階梯，在門口擁抱，然後推開門進屋。屋內寬敞，裝修過幾次，後來的風格是皮製大沙發，古典扶手椅，每一張桌椅都不一樣的混搭風。老闆娘豐滿豪爽，來的好像都是熟客，時常招待大家吃她做的蛋糕。老闆娘還開了另一家店，是安娜與這群創作朋友最初聚會的地方，左轉巷子裡的另一家賣比利時啤酒咖啡店。那是幾年？二〇〇四年四月，小說家自殺後的告別式，他們一群人去參加喪禮，離開後心裡都有悵惘。安娜那時剛到台北兩年多，還在跟憂鬱症搏鬥，五年級作家已經有三個人自殺了。

那時，彷彿是匿名戒酒協會，或某種協力自救的默契，「不要再讓我們之中有人死去了」，每個月大家選一天聚會，咖啡店、小酒館，哪兒都好。最初有七、八個，詩人、小說家、導演，都是五年級的創作者，定期找個地方，三明治、蛋糕、炸物拼盤或義大利麵有的沒的點一桌，然後是啤酒、咖啡、調酒，一杯杯端上來，更多時候都在說話。奇怪一向孤僻的這些人，聚在一起卻有說不完的話，安娜那時感覺自己第一次處在某個群體中不覺得自己怪，因爲大家都太怪了，甚至，在那時，自身的孤怪像是才華的一種，他們輪流說著故事，故事與故事銜接，因著某關鍵字或相關主題，或回應某些感覺，就再說另一個故事，就像爵士樂，可以一直不斷地衍生下去。

安娜記得有一次大家去看試片，《最好的時光》，看完去喝咖啡，喝完咖啡又搭車去一家酒吧，酒吧太吵了，講話都聽不清，他們一群人搭著計程車到處晃，想找個安靜的地方聊天卻苦苦不可得。那天晚上不知換了幾處。

後來還是回到他們的後花園。對，那家賣比利時啤酒的店他們暱稱叫後花園，因爲第一次聚會就是在店裡的後面小花園，半開放空間，可以抽菸。那時安娜兩天一包菸，其他人也都是菸槍。

後花園的聚會持續了一段時間，但發現店裡生意太好，並不是時常可以訂到花園座位，店裡雖然空間很大，但因為客人太多，不方便聊天。有一陣子他們先轉到附近一家酒吧，因為裡面座位都用薄紗簾幕區隔起來，燈光又都幽幽暗暗的，就被他們戲稱為妓院。妓院開得很晚，夜裡沒什麼客人，因為熟了，老闆有時還特別讓他們待久一點，最高紀錄是坐到了凌晨四點半。

在妓院聚會的時期，彷彿蜜月期，持續了好幾年。安娜與小陸的愛情也開始於妓院時期，小說家Y與他的野蠻女友也相繼於此時，那段時光好像人人都在戀愛，或為情所苦，不同於在後花園時期，那時安娜漂泊不定，其他人除了已經結婚的L，也都還單身。第一次聚會時，安娜說了自己在國外的性冒險，後來，有一兩年的時間，安娜也都還在嘗試各種關係的可能。安娜終於跟一個女孩開始交往，女孩與大家見過一次，那段愛情燦爛而短暫，很久之後，L還會常問起，「那個很優的女孩後來好嗎？」後花園時期，安娜就交往了兩個女友，大家都見過，後來也都分開，變成朋友了。

到了妓院時期，因為身邊總帶著小陸，安娜是以感情穩定者的身分出現在聚會裡，過往光怪陸離的冒險故事沒有了，但依然有好多話可以說。安娜印象最深是每次到了都會點餐，烤雞翅、炸薯條、起士球的拼盤，安娜總是先埋頭苦吃，吃飽了才開口。那時，眞的好窮，吃慣了自己煮的雜菜麵，只要有外食的機會，安娜就是猛吃。那時大家都還年輕，從三十歲到四十歲，正值創作力最豐盛的時期，那時他們有講不完的話，說不完的故事。

好多往事都是在聚會的時候想起的，她感覺自己生平第一次可以融入一個群裡，而且是主動自願，積極地想要與這群朋友在一起。那時友誼似乎比愛情更濃更持久，一群人每月聚會，平時還要寫郵件往來，郵件一寫就是好長好長。有一段時間，他們甚至還申請了一個私密的部落格，無論是聚會、郵件往返，或部落格裡發文回應，都是一種祕密集會的氣氛，私密而親近，但後來也是因爲部落格裡的發言跟實體聚會不一樣，一個擦槍走火，鬧得不愉快，有人退出了聚會，關閉了部落格。

從二〇〇四年七、八個人聚會，到二〇〇六年安娜與小陸在一起，聚會人數一直在減少，後來就這麼固定下來，固定班底是安娜與小陸、Y與女友J，L總是單獨來，偶爾會有D，或者M，在妓院的包廂裡，菸霧繚繞，桌上小食被安娜一點一點吃掉，他們像是輪唱或變奏，從一個故事換到另一個故事，彷彿天地間只有在那個包廂裡的人是最熟悉了解彼此的，小小包廂又像是教堂的懺悔室，他們對著彼此傾訴近來發生，衰事、糗事、不可告人之事，以及難以置信的事。那時的人生，即使不談戀愛，也還會有好多怪事發生，他們仍處在必須動用全身心所有感官去感知、體驗、經歷世界的時期，小說彷彿是吸收了他們的血肉與魂魄才能兌現出來的，那時他們身體都還很好，每次聚會都會聊到酒吧打烊爲止。

有一次，聊起了彼此的創傷，小陸提起母親的死，Y也是父母都已去世，L則曾在遠方搶救他病危的父親。安娜呢？安娜已經自我放逐遠離原生家庭好長時間，他們彷彿像一群孤兒似的，訴說著那些流離的往事。那晚，說得動情，D說起小時候父親對他嚴厲的管教，種種斯巴達式的教育方式。D一向寡言，那晚卻特別激動，大家聽D說話時，都靜默了，看著眼前這個模樣特別好看的男子，說著自己孤獨痛苦的童年，語調中彷彿有一種他還是個少年的感覺。那晚他們坐在靠街的座位，牆邊有一扇小小的窗戶，安娜看見一輪新月就掛在窗戶外頭的天上，彷彿也在靜靜聽他們說話似的。她是個孤怪的人，從來也沒有什麼親近的朋友，可是在那一晚，她深刻感覺到友誼與愛情聚集在一起，是她未曾感受過的。安娜小心翼翼說起大學剛畢業時那段淒慘的時光，有一個假日的午後，想要出門去租錄影帶，走下樓發現忘了帶走要歸還的片子，她又回頭，打開門想走進去拿一下就離開，沒有關上的大門隨即闖進了一個男子，「乖乖聽話，就不會有事。」男人說，手上的報紙裡拿出一把菜刀。安娜冷淡敘述那個午後的遭遇，小心揀選字眼，緩慢地說出口，「我曾經被陌生人傷害過」。眾人皆靜默。她看到易感的L流下眼淚。

後來酒吧打烊了，他們一群人走到外頭抽菸，D淡淡說起自己當兵時在電視新聞裡發現初戀女友被人殺死。那時起了風，一陣惡寒吹過了每個人的身體。

細節都不重要，重要的是，爲什麼在那時，對著那群人，說出了自己的祕密。

他們沿著溫州街巷子往羅斯福路走，走一段，停一段，要去路邊攔計程車，卻又在屋簷下說了起來，冷風中，話語都在顫抖，可是想說出來，知道這些話會被朋友們記住，且深刻地理解。他們邊走邊停，看到D好看的臉一時暗了下來，眼神裡有苦痛的火光，安娜想著他聽到女友的死訊的當下，幾乎感覺到那慘烈的死亡就在眼前，忍不住閉上了眼睛，D要怎麼度過呢？她焦急地望著D，他說，他被關在碉堡裡，猛灌高粱酒，一天又一天，都在麻痺中度過，才沒有自殺或殺人。

安娜覺得自己永遠忘不了那一夜，一條短短的街，他們將之走得非常漫長，彷彿人生一瞬，都濃縮在這條街，那夜深沉到底然後轉向天明，悲傷的故事被傾吐，聆聽，收容，接住，融化開來不知道變成了什麼，卻永遠停駐在這些人的身體裡。

臨別時他們擁抱了對方，抱了又抱，不是情人那種擁抱，而是一種知己的感覺，心中擁堵的安慰話語都說不出口，L眼睛還紅紅的，D的低沉聲音彷彿還在微光的路面飄動，他們在即將天亮的街頭，走進了友誼可以到達的最深處。

那晚回到小套房後，小陸大聲痛哭，大吼著：「你發生過那麼痛苦的事爲什麼沒有告訴過我，爲什麼要選擇在朋友面前突然說出來，讓我不知道怎麼反應。」安娜不知道該怎麼安撫小陸，她只能說，那件事，她從來也沒有告訴過任何人。她都不知道自己爲什麼會說出口。

有天他們如期而至，發現妓院歇業了。此後他們轉戰到有露台那家咖啡店，他們稱之爲魯米爺，那之後，Y的女友離開了，後來，小陸也離開了。

安娜記得最後一次與小陸跟衆人見面，是她發現小陸外遇之後，小陸與她回到台北，電話裡L對安娜說千萬不要跟小陸分手，她會死的。

她們回到了魯米爺，最後只剩下他們四個人，Y與L陸續安慰，勸慰，後來安娜說她去附近走走，留下小陸與他們對話。安娜走到雪可屋，再往前，就是她們常買衣服那家店，她在店門口大哭，所有往事好像都堆疊到這條街了，這條她最愛的街道，會不會成爲她再也無法踏入的道路呢？她要怎麼剝掉密密麻麻覆蓋在這條路上每一家店、每一棵路樹、每一塊石板上她與小陸曾經走踏過的記憶？爲什麼要用外遇這樣老套的方式結束這個愛情？她想著，爲什麼？可是，爲什麼不？她自己做過更背德的事，道德從來不是她關注的主題，或許從頭到尾小陸都不屬於他們，安娜甚至懷疑自己是否理解過小陸？

她站在雪可屋門口，遠遠望向魯米爺，朋友們在加高的露台上聊天，彷彿是一場舞台劇，她想起許久前自己從台中搬到台北，那時孑然一身，身上只有五千塊存款，是這群朋友接住了她，或者他們接住了彼此？在那場葬禮過後，他們想要騙過死神，攔住那一個接一個自死的五年級小說家集體往斷崖往下跳的恐怖氣氛，他們陪伴著彼此從三十幾邁向四十，那些年裡，大家的生命都經歷許多創痛，他們都正在拚命想寫出自己最重要的作品，他們身邊的戀人來了又走，安娜怎麼以爲自己會與小陸長久？她一點都不明白自己在痛苦什麼？她與小陸有著比她想像中更深刻複雜的感情牽絆，或許她與這群朋友也是。她是個無情的人，所以她動起感情殺傷力就是這麼強。

他們在勸小陸什麼呢？有用嗎？已經破裂的感情可以追回，能夠挽救嗎？

她遲遲沒有返回那張桌子，而是在這條街巷走逛了起來。這條街是屬於她的，小陸的參與只是豐富了記憶，並沒有壟斷全部的風景。她記起有一次聚會時L談到波赫士，安娜驚訝地發現自己竟然沒有讀過，回家後第二天就搭著公車去書店找，扛回厚厚三大冊波赫士全集。還有大江健三郎、安部公房、柯慈、薩拉馬戈、薩伊德、魯西迪，好多好多書都是聚會後才買回去啃讀的。溫州街的路面上印滿了字，在安娜的記憶裡是這樣的，那些老屋、咖啡店、公園、曲折的巷弄，她好像經常一個人走著，肩上背著書袋，內心激動地想要找一個地方，安靜地讀書。可是路途上又會被某棵路樹吸引，有很多特色咖啡店，但她常去的就是那幾家，可是即使沒有走進去，那些店招依然吸引著她，一整條路上的咖啡店，名字組合起來像是一首詩。

那次的聚會之後，安娜與小陸就散了。

但聚會還在，最後只剩下三個人，卻依然高密度長時間地進行著，他們總是在魯米爺，後來終於加入了從高雄北上的K，K的來到，讓聚會多了更多故事。

然後是二〇〇九年，安娜與昔日戀人青的重逢，事情發生得很快，重逢，戀愛，結婚，都發生在三個月內。她與青在花蓮祕密結婚時，朋友為他們拍了影片，回台北後安娜很快就約了L與Y，把青介紹給大家，他們在魯米爺的那個陽台上，對著狹小的筆電看結婚影片，L與Y兩個男人看得一臉是淚。

「此後我們是一家人了。」L這樣對青說。後來有一段溫暖的時光，每次聚會，安娜心中都有種不可思議的感覺，自己竟然變成一個安定下來的人了，朋友們都很愛青，她以爲自己永遠也不可能安定下來，她曾經以爲這輩子再也見不到她心心念念的人。

此時，安娜又在這條街上走動著，她赫然想起自己已經習慣了網路購書，逛書店的次數很少，後來他們轉戰到青田街的咖啡店也已經好多年了。安娜想起自己最苦痛、混亂、迷惘的三十幾歲時光，幾乎都是在這條街上的那幾家咖啡店裡度過的。她也想起那群朋友，聚會的朋友又加入了一些，也減少了幾個，有許多難以言喻的過程，友誼也有成住壞空，或許因爲大家都變得更忙了，也或許因爲有臉書，不知爲何，他們再也沒有寫過那種掏心掏肺的長信了。

安娜看著這一片熟悉卻又陌生的街景，無論多親密，多熟悉，關係無法保證永遠不會改變。一條街與一個人的命運大抵也是如此，街景並非恆常不動的，或許你變了，或許是這條街變了，安娜想著，終於有一天，你以爲會一輩子的朋友漸漸淡了，而溫州街，對她來說，也變成了一個與昔日記憶裡大不相同的地方了。

有些事只會發生一次，有些事可以發生很多次，然後再也不會有了。人生長河裡她曾經在一條街上，與那麼多親愛的人在一起，夜那麼深，他們依依不捨地告別，L還要探頭到計程車跟安娜說，「回家後記得打電話」，在計程車上安娜總是很激動，回到家往往還要花很長的時間才能平靜。夜那麼深，彷彿會走進黑暗裡再也出不來，這條街，就像D的那個碉堡，他們說的話、說過的故事，那些擁抱，就像高粱酒灌進身體裡，但得到的不是麻痺，而是一種近似於愛，不，那確實就是愛，一種純度極高的友愛，確實讓她騙過了死神，熬過了最絕望倉皇的歲月。

書評

以性逼近心，以身體投影生命

吳曉樂（作家）

對陳雪有一定認識的讀者，必然會在這本短篇小說集《維納斯》遇見從前的陳雪，這裡的從前，可能很近，也可能有點遠。我看見《少女的祈禱》、《不是所有親密關係都叫做愛情》、《戀愛課》；也看見《附魔者》、《惡魔的女兒》，以及她的出道作《惡女書》。不過，若你以為我在暗示《維納斯》少了「新意」，不，不是這樣的，即使我聯想到這麼多「過去」，但那些「過去」也悄悄地產生形變，以簇新的面貌再次存有。《渺小一生》的作者柳原漢雅（Hanya Yanagihara）受訪時曾說，「我們只跟世界征戰過一次，在童年，餘生僅僅是處理那次征戰的結果（We survive the world once, as children, the rest is just coping.）」，以這個角度來說，我們或可理解，一位創作者的作品集，許是他回望童年的複數軌跡。

張亦絢《性意思史》，十三歲少女路易說過一句話：「性，乃妳的心，加妳的生。沒有性，心都會死囉？哀莫大於『性』死喔。」擁有性是一回事，如何去「知性」，是《維納斯》的主題。多數時候，人類做愛無非是想做，但，爲什麼想做？又爲什麼有時行，有時不行？十四篇小說裡，陳雪展示運算的可能，時而是心加生成了性，時而是性減掉心所以得了生。最精采的莫屬那一分不多、一分不少的拿捏：性不會大於，也不會小於，妳的心加妳的生。

就著這個等式看下去，不難從小說裡翻出另一層意境：陳雪筆下的女性，常像維納斯，她們從心所欲，陶醉於靈肉之歡，同時不乏精神、貞靜的一面。借用《愛情酒店》的寶兒的描述，「從左邊看是個放蕩的小妖精，往右邊瞧是個癡情的乖乖女」。放蕩小妖精跟癡情乖乖女，仍不脫離這個等式，心的拘禁有多深，等號另一端的性就有多浪。同理，「亂倫」亦是陳雪作品常有的情節，倫常不應該，偏偏性欲好熾烈，等號兩端再次同進同退。女性的心與她們的生命，是推擠小說持續前進的巨大暗潮。身體很誠實，但心會說謊。身體的反應是可見的，人生的重創是捉摸不測的（intangible）。以性去逼近心，以身體去投影生命，是小說最精巧也最漂亮的機關。〈我身上有你看了會害怕的東西〉即深刻呈現了這樣的企圖。

陳雪以往作品的「熟面孔」，也在《維納斯》軋了一角：陰鬱的母親、親友的自死、鄉下搬遷至都市的路徑等等。但創作者這幾年來顯然調整了比例，既以濃墨去勾勒那些苦悶，又允許這些慘白的心，因書寫而重拾了顏色。〈天空之眼〉的兩位主角，最終寄託的也是書寫，對我來說，這篇的結局著實幻美至極。

然後我想談〈歧路花園〉，我讀得最過癮的就這篇。陳雪向來也精於「記憶的曖昧性」。而在〈歧路花園〉，我讀到手法的輕盈昇華。敍述者小尹莫名其妙地跟一群友人來到一座神祕的花園，與多年前不歡而散的舊愛「大叔」相遇。幾個回合後，小尹恍然大悟，這是「夢境」。夢境中，小尹的小說家朋友畢路也在場（其實，讀者也在場喔）。三個人在夢境中重新整理，或云，「清算」小尹跟大叔的情史。小尹「創作者」的身分被提及了好幾次，「夢境裡的大叔」進一步宣稱小尹對兩人感情的書寫既不眞實，卻又改變了現實。這裡既是在談感情裡的認知失調，也在談「書寫的權力／利」。我建議找出波赫士同名的〈歧路花園〉對讀。

因此，我認爲《維納斯》這十三篇小說可以作爲陳雪其他作品的角色們的「歧路」，絕望的成分依然是無法輕易刮除的，但，書寫了二十幾年、生活逐漸不再顚沛的陳雪，把「安於一地」而積養的能量轉化成角色心境的騰飛：縱然命運畸零，我們仍可以在虛構裡將自己好好生養一回。〈維納斯〉兩位跨性別者的相互鏡照，並不窺奇，而是扣問生而爲人的偶然與注定，說不定衆生都是同一池泥巴捏出來的，「質」的差異不過對「量」的錯解；又，〈男孩爲我唱首歌〉，買了泰國年輕、美麗的男孩兩個時段之後，尤燕再回去想她的心與她的生，傷痕猶新，不過，「終於也被一場戀愛徹底地整理過了」；〈無有之物〉，一群女同性戀討論人工生殖與繁衍，其中有人想起她曾經有過嬰兒，又沒有了，她最終的感觸是，「不是男人或女人的問題，而是那時候你還沒有辦法好好理解自己，你還是個破碎的人不可能負擔另一個生命」；〈飄蕩之歌〉，敍述者「我」始終懷疑未婚妻跟藝術家父親之間的情欲流動，到了小說尾聲，「我」突地開竅了，他意識到「總是想要去愛」的自己，早已強大到，足以跟俊美瀟灑的父親相抗衡，他擁有破除亂倫魅惑的能量。彷佛薛西弗斯再一次推著石頭上山，卻愕然發現，在周而復始的折磨之中，他不知不覺，熬過了更可怕的重擊。

最後一篇〈夜那麼深〉，爲了追求夢想而從台中搬到台北的角色「安娜」，初看是「老派文青購物路線」，從溫州街伊始，書店、咖啡館、服飾店，其中很多名字，如雪可屋，對於兩千年後的讀者來說，大概是聽都沒聽過了。再讀下去，就會察覺陳雪寫的是台灣文學史相當貴重的一頁，那是一個頻仍傳出作家自死的時代。一群作家於是聚在一起，輪流扮演一千零一夜的雪赫拉莎德，借著一則又一則故事，向命運求取倖存的可能。安娜日後回首，才確知這伎倆奏效了，「一種純度極高的友愛，確實讓她騙過了死神，熬過了最絕望倉皇的歲月」。〈夜那麼深〉乍看與其他篇並不高度相容，但若我們往後站一步，又得說，這篇作爲壓軸，好極了。

喬治．歐威爾的《一九八四》，有一段是溫斯頓回憶戰時的母親：「她的感情是她自己的，外界不能加以改變。她不會認爲一項行動要是徒勞無功，就變得毫無意義。如果你愛某個人，你就是愛他，在你不剩下任何東西可以給予的時候，你還是會給他愛。」（吳妍儀譯本）。讀這本《維納斯》，我不止一次想起這段話。

我愛讀 120
維納斯：陳雪短篇小說集

作者　陳雪

副社長　陳瀅如
責任編輯　陳瀅如
行銷業務　陳雅雯、趙鴻祐
裝幀設計　傅文豪
內頁排版　Sunline Design
印刷　前進彩藝有限公司

出版　木馬文化事業股份有限公司
發行　遠足文化事業股份有限公司（讀書共和國出版集團）
地址　231023新北市新店區民權路108之4號8樓
電話　02-2218-1417
傳真　02-8667-1065
客服信箱　service@bookrep.com.tw
客服專線　0800-221-029
郵撥帳號　19588272木馬文化事業股份有限公司
法律顧問　華洋法律事務所　蘇文生律師

初版一刷　2024年2月
初版二刷　2024年3月
定價　NT$420
ISBN　978-626-314-599-3（紙本）、978-626-314-596-2（EPUB）

國家圖書館出版品預行編目（CIP）資料

維納斯：陳雪短篇小說集/陳雪作. -- 初版. --
新北市：木馬文化事業股份有限公司出版：
遠足文化事業股份有限公司發行,2024.02
264面；15×21公分. -- (我愛讀；120)
ISBN 978-626-314-599-3(平裝)
863.57　　　　　　　　113000619